KB142962

이해 없이 당분간

김금희 외

절망의 시대, 희망의 시대

우리는 절망의 시대를 살고 있다.

이 땅의 어린 목숨들을 태운 세월호가 물속으로 침몰했으며, 부끄러움을 모르는 자들은 끝내 그들의 죽음을 아무것도 아닌 일로 만들고자 했다. 집회에 참여한 농민이 경찰의 물대포에 맞아 숨을 거두었는데, 어두운 세력은 그의 죽음마저 훔치려 애썼다. 선거를 통해 뽑힌 대통령은 국민에게 위임받은 권한을 마치 본래부터 자신의 것이었던 듯 마구잡이로 휘둘렀다. 독재를 미화하는 국정 교과서를 만들겠다는 어리석은 자들이 사방에서 나타났다. 자유로운 예술가들의 입에 재갈을 물리려던 자들마저 있었다. 어디 이것뿐이랴. 곳곳에 널린 절망이 자꾸 우리를 쓰러뜨렸다.

세월호를 기억하며 마음속 깊은 곳에 노란 리본을 간직한 이들이 아직 이 땅에 많이 남아 있다. 거리에서 죽어간 시민을 위해 눈물 흘리며 진실을 밝히기 위해 애쓰는 자들이 많다. 대통령의 무능함과 부패함을 알아챈 이들은 잘못된 것을 바로잡고자 광장으로 몰려나와서 촛불을 들었다. 독재를 미화하는 국정 교과서는 끝내 교실에 발붙일 수 없게 되었다. 예술가들의 입에 재갈을 물리려던 시도는 당연히 실패하고 말았다. 어디 이것뿐이랴. 무수한 희망이 우리를 일으켜 세웠다.

우리는 희망의 시대를 살고 있다.

돌이켜보면 절망만으로 가득한 시절은 없었다. 희망만으로 가득한 시절도 없었다. 언제나 절망과 희망이 뒤섞여 있었다. 우리가 준비한 손바닥 소설집 『이해 없이 당분간』은 우리 시대의 희망과 절망을 두루 기록한 작품집이다. 신예 소설가들, 중견 소설가들이 흔쾌히 작품을 보내주었고, 원로 소설가들의 참여까지 어우러져 기대를 넘는 다채로운 소설의 향연이 펼쳐졌다. 특히 지난 정권을 떠받친 보수의 시대착오적 인식을 신랄하게 짚은 신작 「달팽이가 올 때까지」를 보내온 이제하 선생님, 1971년 발표한 「통일절 소묘」를 이어 촛불의 기억을 간직한 세대를 주인공으로 삼은 2탄을 46년 만에 집필해주신 조해일 선생님께 깊이 감사드린다.

예술가는 각기 다른 감각을 지닌 존재이다. 그러나 동시대를 살면서 때로는 같은 방향을 바라보고 서로 호응하여 발화하기도 한다. 여기에 실린 짧지만 힘찬 소설들이 절망에 빠진 분들에게 따뜻한 위로가 되길, 희망을 향해 나아가는 분들에게 뜨거운 격려가 되길 바란다.

2017년 7월
이시백(소설가) 김이구(문학평론가)

차례

그의 에그머핀 2분의 1

김금희

2009년 《한국일보》 신춘문예로 등단.
소설집 『센티멘털도 하루 이틀』
『너무 한낮의 연애』가 있다.

신촌의 회사에 들어간 뒤 선미는 1000번 광역버스를 타고 다니며 주로 차 안에서 아침을 해결했다. 빵이나 사과, 계란 같은 간단한 음식이었다. 빈속이면 언제나 신물이 올라와서 안 먹을 수는 없었다. 그러다 어느 날 아침, 화장실에 가고 싶어 버스 타고 가는 동안을 지옥처럼 보낸 뒤로는 물 한 모금도 마시지 않았다. 대신 출근 시간을 앞당겨 근처에서 뭔가를 사 먹고 들어갔다. 그러자면 6시 30분에 일어나야 했지만 고속도로도 덜 막히고 장운동이 시작하기 전이라 낭패를 볼 일도 없으니 차라리 낫다고 여겼다. 하지만 아침에 일어날 때면 자기 힘으로 무언가를 하고 있다기보다 마치 밭에서 무 같은 것을 뽑아올리듯 무언가가 자신을 이불 속에서 끄집어낸다는 느낌이었다. 비몽사몽 간에 일어나 마을버스를 타고 정류장까지 왔고 광역버스에 몸을 실었다. 컨디션이 얼마나 좋든, 정신을 얼마나 차렸든, 출근 준비가 얼마나 되어 있든 그렇게 일단 버스에 타 있으면 하루가 어떻게든 시작되는 것이었다. 그러면 버스기사에게도 운전은 일이니까 어떻게든 고속도로를 달려 서울로 진입하고 몇 개의 정류장을 거쳐 선미를 정확히 신촌에 내려 주었다. 내내 졸다가 다행히 본능적으로 잠에서 깬 선미는 휘적휘적 내려 요깃거리를 찾아보는 것이고.

그 시간에 선미가 먹을 수 있는 아침은 한정적이었다. 프랜차이즈 햄버거 가게의 팬케이크, 에그머핀, 해시브라운 같은 조식 메뉴나, 전철역 입구에서 노파가 쪼그려 앉아서 파는 옥수수, 바람떡, 노점의 포장마차에서 파는 김밥 등이었다. 혹시라도 늦는 날에는 옥수수를 사 들고 갔지만 사무실에서 그걸 우적우적 씹어먹는 것도 신경 쓰이는 일이라 선미는 햄버거 가게의 조식 메뉴와 김밥을 주로 먹었다. 회사로 가기 전, 마지막으로 간신히 혼자 있고 싶을 때는 햄버거 가게에서 에그머핀 세트를 시켰다. 연이어 이틀만 먹어도 질리는 맛이었지만 그래도 그것을 조금씩 뜯어 먹으며 아직 졸음이 가시지 않은 머릿속을 커피로 깨우며 하는 이런 것들을 좋아했다. 백지에 가까운 다이어리에 특별할 것 없는 일정을 적어보거나, 이제는 사이가 소원해진 사람들의 SNS 계정에 들어가 댓글을 남길까 말까 고민해보는 것. 비 구경을 하거나 보도블록 사이로 난 풀잎들에 괜히 시선을 두는 것. 사실상 앞으로 낮 동안 선미가 해야 할 업무들과는 전혀 상관없는 일들이었는데, 왜 그런 무용한 것들을 할 때만 서울에서의 시간을 버틸 수 있을 것 같은 기분이 드는지 알 수 없었다.

김밥을 파는 포장마차는 고층 빌딩 앞 보도에 있었다. 서로를 저기, 이것 봐요, 라고 부르는 부부가 주인이었다. 맛살과 햄 그리고 오이가 아니라 시금치를 넣은 김밥을 팔았고 멸치와 다시마 넣은 국물을 가스버너에 올려놓고 사람들이 떠먹을 수 있게 했다. 김밥집 포장마차가 아침에만 있고 오후에 없어진다는 사실을 안 건 한참 뒤의 일이었다. 회사 사람들과 어울려 구내식당으로 내려가기 싫었던 어느 점심에, 선미는 근처 공원 벤치에서 혼자 먹을 생각으로 김밥을 사러 갔는데 노점들이 있긴 했지만 모두 떡볶이 같은 분식을 팔고 있었다. 이름표도 달고, 무슨 무슨 연합회에서 발급하는 번호도, 일괄로 맞춘 듯한 의자와 테이블도 갖추고 있었다.

처음에 선미는 그 부부가 오전에는 김밥을, 오후에는 떡볶이를 파는구나 싶어서 어느 가게인지 열심히 찾았지만 나중에는 알게 되었다. 떡볶이 노점이 나오는 10시까지만 김밥을 팔수 있다는 것을. 그 시간이 지나면 도시의 보도에는 또 다른 주인들이 나와 포장을 치고 물을 붓고 끓이며, 고추장 양념을 버무려가며 장사를 한다는 것을. 김밥집 포장마차보다는 더 안전하고 버젓해 보이는 행렬들이 그 무허가의 보도 위에서 다시 하루를 시작한다는 것을. 결국 김밥은 사지 못했지만 선미는 그렇게 일정 시간이 지나면 보도에서 사라져야 하는 노점이 어딘가 애틋하다고 생각했다. 나타났다 사라지는 신기루처럼, 펼쳐졌다 접히는 우산처럼.

에그머핀을 먹는 햄버거 가게가 테이블에서 혼자만의 고독을 느낄 수 있는 공간이라면 김밥집은 그렇지 않았다. 우선 포장 안이 좁으니까 가깝게 서야 했고 국물을 뜨거나 냅킨을 뽑거나 하면서 양해를 구하거나 팔이나 어깨가 스치거나 해야 하는 순간들이 있었다. 그리고 가까이 있으니까 단무지를 썹고 물을 들이켜는 소리, 코를 훌쩍이는 소리들을 들어야 했다. 아침에 거기서 김밥을 먹는 사람들 중 상당수는 바로 뒤편의 빌딩에 있는 외국어학원의 수강생들이었다. 출근 전에 그렇게 외국어까지 공부하는 사람들이 있다고 생각하면 선미는 어쩐지 자기 자신이 나약하게 느껴졌다. 하지만 그때마다 이보다 어떻게 더?, 라는 반발심도 들었다. 여섯시 반에 마치 청소기 흡입구에 빨려 들어가는 먼지들처럼 여기로 이동되어 오는 것도 힘에 부치는데 얼마나 더? 해야 하는가. 학원 수강생들이 대부분 마흔은 넘었을 것 같은 사람들이라는 사실도 우울했다. 그렇게 끊임없이 무언가를 하지 않으면 직장에서 버틸 수 없다는 사실을 몸소 보여주는 듯했기 때문이었다. 그럴 때는 목이 메었고 청양고추를 넣은 멸치 국물을 들이켤 수밖에 없었는데 그러면 기분은 더 칼칼해졌다.

포장마차에는 단골손님이 많았다. 가장 자주 마주치는 단골은 뿔테 안경을 쓴 한 남자였다. 그는 넉살이 좋아 주인 부부와 자주 대화했고 가방에 다닥다닥 붙인 와펜^{wappen}도 인상적이었다. 3년 전 일어난 참사와 관련한 노란 리본도 있었고 오존의 붕괴를 막자는 의미의 귀여운 북극곰 모양도 있었고

'허탈한 밴드'라는 이름이 쓰여있고 '완전 소중'이라고 붉은 실로 새긴 것도 있었다. 그렇게 다양하게 붙어 있는 와펜들은 지금 그가 관심 두고 있는 세상을 지구본처럼 압축해서 보여주고 있었다. 선미는 그것에 시선을 주면서 자신이 이미 알고 있거나 혹은 미처 알지 못하는 세상의 일면들을 퍼즐을 맞추듯 생각해보곤 했다.

그런데 어느 날 아침 선미가 김밥을 먹기 위해 포장마차에 들어갔을 때 뿔테 안경의 남자만 멀뚱하게 서 있었다. 국은 끓고 김밥은 몇 줄이 쌓여 있는데 주인이 없었다. 선미와 눈이 마주치자 그는 주인이 무슨 급한 일이 있는지 자기에게 잠깐만 맡아달라 부탁하고 갔다고 했다. 돈통까지 두고 갔는데 어쩌나 싶어서 30분째 기다리고 있다고.

"회사는 안 급하시고요?"

선미가 딱히 할 말이 없어서 물었다.

"괜찮죠, 아직은."

그가 선선히 고개를 끄덕였다. 선미는 그냥 나가도 되나, 아니면 무슨 일인지 알아볼 겸 기다려야 하나 고민했다. 자기도 한 계절 동안 오가며 단골이라면 단골이 되었으니까. 물론 주인이 선미에게 부탁하지도 않았지만 그렇게 휙 나가기에는 뭔가 매정하지 않나 싶었다. 그리고 배가 고팠다. 다시 햄버거 가게까지 걸어가자니 회사와 반대 방향이고 전철역 옥수수는 먹고 싶지 않았다. 선미가 망설이는데 남자가 그 마음을 알았는지 어차피 팔려고 내놓은 건데 드세요, 하고 나무도마 위에 차

곡차곡 올려져 있는 김밥을 가리켰다. 먹다 보면 주인이 오고 돈을 주면 되겠지 싶어서 한 줄을 포일로 쌌다.

"안 썰어도 됩니까? 저는 아까 썰어서 먹었어요."

"그냥 온 걸 먹는 걸 더 좋아해요."

"김밥 맛 제대로 아시네요. 그게 제대로죠."

선미는 사실 주인도 없는 주방 – 멸치 국물을 끓이는 버너를 경계로 반대편을 그렇게 부른다면 – 에 들어갈 수가 없어서 그랬지만 안 썬 김밥이 맛있는 건 사실이었다. 그건 예상할 수 없기 때문이 아닐까 선미는 생각했다. 입이 얼마나 김밥을 베어물지 알 수 없으니까, 단무지를 많이 먹으면 짠맛이 분명하고 계란을 먹으면 고소함이 그리고 더 이상 빼먹을 햄이 없을 때 김밥은 슴슴해진다. 그렇게 예상할 수 없고 원하는 대로도 잘 안 되는 것의 맛. 선미가 김밥을 입에 넣으려니까 그가 잠깐만요, 하더니 솔로 기름을 재빨리 발라 주었다.

"이래야 제대로죠. 들기름 참기름 반반 해서 씁니다. 이 집은."

선미는 그가 붙임성이 좋은 건가, 자기에게 과도한 친절을 베푸는 건가 잠깐 고민했다. 아무튼 기름을 바르자 김밥이 더 매끄럽게 씹히긴 했다. 그때 포장을 걷고 역시 여러 번 본 적이 있는 파란색 쌕을 멘 중년의 남자가 들어왔다. 남자는 늘 급하게 어디를 가야 하는 사람처럼 입구에 발을 반쯤 걸친 채로 먹는 게 특징이었는데, 오늘도 마찬가지였다. 이제 아예 주방으로 넘어간 남자가 드려요 김밥?, 하고 묻자 그러라고 하면서 초조하게 손을 맞비볐고 포장 밖을 힐끔 살폈다. 그러다 남자가 김밥을 꺼내서 기름을 바르려고 하자 손을 흔들어 제지했다.

"아니, 아니, 하지 마요. 하지 마."

"안 발라도 되나요?"

"기름은 느끼하고 입에 묻고 딱 질색이야, 나는."

그는 김밥 맛 제대로 아시네요, 하면서 칼로 김밥을 착착 썰고는 이번에도 나무젓가락과 함께 내밀었다. 선미는 무슨 황희 정승도 아니고 남자는 기름을 발라도 옳다, 바르지 않아도 옳다, 하는 걸까 생각했다. 혹시 영업이나 서비스직에 있는 사람이 아닐까. 자신의 진심은 드러낼 수 없고 늘 상대의 기분을 적당히 맞춰주어야 하는. 파랑 쌕의 남자는 뭐 그리 신경 쓰이는 것이 있는지 김밥을 입에 넣으면서도 천막을 걷어 한 번씩 밖을 바라봤다.

"세상이 완전 엉망이야, 거 좀 그렇죠?"

"왜요? 밖에 뭐가 있어요?"

남자가 포장을 걷었고 선미도 따라서 밖을 봤는데, 거기에는 평소와 다를 것 없는 8시 30분의 세상, 분주하고 빠르며 소란한 아침의 일상이었다. 특별히 엉망일 것도 나빠 보이는 것도 없었다.

"아니, 요즘 세상이 엉망이잖아요. 다들 제 욕심에 빠져서는 도무지 말이 되는 말을 해야지요. 그건 말이 아니라 짖는 거 아니냐고요. 한마디로 개소리지. 어떻게 그런 말을 하냐고요."

선미는 파랑 쌕의 말이 딱히 틀렸다 싶을 것도 없는, 그 나잇대 남자들이 으레 바지 주머니에 손을 집어넣으며 하는 평범한 일갈이지만 그의 입술에 자꾸 달라붙는 마른 김처럼 불편하다고 생각했다.

"그렇죠, 선생님. 아주 창피할 말들을 뻔뻔하게 잘도 쏟아내죠."

남자는 행주로 도마를 한번 훔치면서 동의했다. 휴대전화를 눌러서 시간을 확인한 선미가 이제 정말 나가야겠다 생각했을 즈음, 주인 여자가 천막 안으로 뛰어 들어왔다. 물건을 사러 자전거를 타고 갔던 남편이 다쳐서 갔다 오는 길이라고 숨을 몰아쉬며 설명했다. 자동차에 부딪힌 건 아니고 부딪힐까 봐 놀라서 제풀에 넘어진 것이라고. 남자가 괜찮냐고 묻자 여자는 희미하게 웃었다.

"안 괜찮으면 어쩔 거야. 이미 일어난 걸."

"연락처는 받아야지 어디서 그랬는데? 횡단보도 아녜요?"

그때 파랑 쌕이 열의를 보이며 포장마차 안으로 발을 완전히 들여놓았다.

"보험회사에 연락해야지, 그래도. 쌍방이 과실인데."

파랑 쌕은 승용차가 무슨 종류인지, 혹시 외제차는 아니었는지, 정말 횡단보도의 흰 선을 하나도 밟지 않았는지 캐물었다. 그러다 목이 메는지 국물을 마셨고 뜨거운지 어푸어푸 하다가 냅킨으로 입을 닦으며 확실히 해야 해요, 확실히, 계산이 다르다니까, 하고 열을 올렸다. 주인 여자는 전기밥솥에서 밥을 퍼다가 식초를 치면서 밑간을 했다.

"그래도 부딪히지도 않은 걸 부딪혔다 할 수는 없는 거잖아요. 아무리 내가 넘어졌다고 해도 아닌 건 아니잖아요."

여자가 심드렁하자 파랑 쌕은 더 말하지 않고 2천 원을 내고는 여전히 뭔가를 살피는 동작으로 밖으로 나갔다. 뿔테 안경의 남자가 가방을 메자 여자는 김밥 두 줄을 썰어서 건넸다. 김밥은 이미 충분히 먹었을 텐데 뭣하러 더 주나 싶었는데, 점심에 도서관 가서 드세요, 하는 말을 덧붙였다. 선미는 그제야 남자가 회사에 가는 길이 아니라는 것을 깨달았다.

"사장님은 괜찮으시겠죠?"

"한동안 장사 쉴지도 몰라요. 리어카를 여기까지 끌어다 주어야 하는데 아무래도 그 다리로는 힘들 테니까."

"큰일이네요."

"큰일일 것도 없어요. 쉬게 되면 쉬어야죠."

남자와 선미는 포장마차를 나와 어느새 대낮처럼 훤해진 거리를 걸었다. 함께 걷기에도, 모른 척 하기에도 어색해서 다친 사람이 걱정된다는 말과, 그래도 부인의 반응을 보면 큰일은 아니리라는 말을 주고받았다. 마지막 대화는 역시 김밥 맛에 관한 것이었다. 남자는 버릇처럼 "제대로죠, 아주 제대로예요."라고 했고 선미는 이번에는 그것이 기름을 바르거나 바르지 않은 것, 썰거나 혹은 전혀 썰지 않은 그 모든 것들을 가리킨다는 사실을 알았다.

주인 여자가 말한 대로 며칠 동안 포장마차는 보이지 않았다. 그것이 없는 아침의 공간은 그냥 행인이 밟고 지나가는 마름모꼴 보도블록의 세상, 열릴 것도 접힐 것도 없는 풍경이었다. 선미는 할 수 없이 햄버거 가게에서 에그머핀을 사 먹을 수밖에 없었는데, 테이블 하나를 혼자 다 차지하고 앉아 있는 며칠이 반복되자 맛없는 머핀도 머핀이지만 무언가에 질린다는 느낌이었다. 어느 날은 마찬가지로 아침을 해결하지 못한 그때 그 뿔테 안경의 남자를 햄버거 가게에서 마주쳤다. 선미가 알아보고 인사하려는데 남자는 선미를 그대로 스쳐 지나가 메뉴판을 오래 올려다보고는 에그머핀을 주문했다. 그리고 다른 테이블에서 선미처럼 휴대전화를 만지작거리면서 머핀을 먹었다.

　남자의 와펜은 그간 더 늘어났지만 무엇이 원래 있었고 무엇이 새롭게 생겼는지는 구분할 수 없었다. 남자는 주인이 없던 포장마차에서와는 다르게 무표정했고 맛이 없는지 에그머핀을 반 정도 먹다가 그냥 내려놓았다. 어떤 날에는 모든 것이 괜찮고 제대로인 듯하지만 어떤 날에는 반만 그렇고 또 어느 순간에는 불행히도 전혀 그렇지 않은 것. 그것이 그의 흔한 아침인 걸까. 선미도 에그머핀을 다 먹지는 못하고 남자처럼 반을 남겼다. 그리고 여전히 연락이 닿지 않고 아마 앞으로도 그럴 사람들의 화사한 일상을 SNS로 지켜보았다. 이 도시의 어딘가에서 시작되고 있는 그들의 아침이 이 작고 완전한 프레임의 사진들처럼 온전할지, 그러니까 제대로일지, 혹시 잘려

나간 어느 편에서는 울고 나서 맞는 아침은 아닐지 생각하면
서.

교
대

김 남 숙

2015년 『문학동네』로 등단.

프라이팬 바닥에 기름을 두릅니다. 기름을 두른 프라이팬에 열이 올라 옅은 쇳내가 풍기면 아침이 시작됩니다. 아침은 아무 때나 시작됩니다. 언제나 무례하게 마음대로 햇볕을 쏘아대고 밤과 다른 몇 배의 중력으로 온몸을 바닥으로 잡아당깁니다. 나는 발밑에 누워 있는 여자를 깨우지 않으려 몸의 움직임을 최소화합니다. 계란을 깨트릴 때도 두 손으로 정성스럽게 껍질에 균열을 냅니다. 여자가 쌔근쌔근 숨소리를 내며 잠을 잡니다. 언제 돌아와 잠이 들었는지 모르지만, 여자는 막 단잠에 빠진 사람처럼 무장해제된 얼굴을 이불 밖으로 빼꼼 내놓고 있습니다. 세상이 멈춘 것처럼 아무런 소리도 들리지 않습니다. 나는 베개 위로 아무렇게나 올라간 여자의 머리칼을 한 올 한 올 눈으로 세어봅니다. 탄탄하고 윤기가 흐르는 머리카락이라고 매일 똑같은 생각을 합니다.

계란을 깨트리자 프라이팬이 기름과 함께 요란한 소리를 냅니다. 프라이팬 밖으로 튀어 나간 기름이 누워 있던 여자의 얼굴에 튑니다. 여자는 단숨에 얼굴을 찌푸리고는 다시 이불을 얼굴 위로 끌어올립니다. 여자의 얼굴이 순간 이불에 가려 보이지 않습니다. 나는 미안하다고 말하려다가 오히려 그 말이 여자의 잠을 더 방해할까 봐 아무 말도 하지 않습니다. 여자는 뜨거운 기름에도 다시 잠에 빠집니다. 이런 작은 쪽방에서의 아침이 이제는 익숙한 듯 보입니다. 작은 행거 하나에 겹겹이 쌓인 여자의 옷들이 보입니다. 여자가 항상 신고 나가는 검정색 스타킹이 아무렇게나 바닥에 널브러져 있습니다. 나는 이제 막 반 정도 익힌 계란을 접시에 옮겨 담습니다. 여자가 좋아하는 노란 꽃무늬가 그려진 두꺼운 유리접시. 그리곤 매트리스 바로 앞에 놓인 간이 책상에 접시를 올려놓습니다. 방이 추운지 접시 위로 따뜻한 김이 피어오르는 것이 보입니다. 나는 손을 펼치고 그 따뜻한 김 위에 손을 대봅니다. 따뜻한 기운에 잠깐 의식이 몽롱합니다. 어디선가 읽었던 이야기처럼 그 속에서 누군가 나타나 소원이라도 들어줄 것 같습니다. 소원. 나는 웃습니다. 여자가 계란을 베어 물 때 턱 아래로 흐르는 노른자의 끈적한 질감을 떠올립니다. 아무리 비벼 닦아도 끈끈한 느낌이 완전히 가시지는 않는, 그런 기분으로 여자에게 기억되었으면 좋겠다고 생각합니다.

여자가 눈을 비비고는 나에게서 등을 돌려 눕습니다. 나는 여자가 편히 잘 수 있도록 화장실 앞으로 가 앉습니다. 이 작은 방에는 모든 것이 뭉뚱그려져 있습니다. 화장실, 책장, 행거, 매트리스, 주방까지. 나는 어디에 앉아 있어도 이 방 안에만 있는다면 여자를 잘 볼 수 있습니다.

　나는 숨을 죽이고 여자가 단잠에 빠져 있는 모습을 바라봅니다. 여자가 꿈속에서 좋은 일이 있는지 사글사글 웃습니다. 손바닥이 간질간질한 기분을 참습니다. 접시에서는 더 이상 김이 나지 않습니다. 나는 여자가 벗어놓은 스타킹과 여자의 가방을 열어 늘 가지고 다니는 여분의 스타킹을 꺼내 화장실로 들어갑니다. 여자의 다리를 박제해놓은 것 같은 스타킹에서 좋은 냄새가 납니다. 여자는 매일같이 스타킹을 두 번씩 갈아 신습니다. 일을 나갔을 때와 돌아왔을 때. 하루에 두 번씩 그런 일을 합니다. 나는 화장실에서 빠져나와 그런 여자의 이마를 한 손 가득 매만지고 싶다는 생각을 합니다. 하지만 그렇게 하지는 않습니다. 좋은 일이 생기고 있는 여자의 잠을 방해하고 싶지는 않으니까요. 수도를 잘 조절해 너무 크게 물소리가 나지 않도록 맞추고 여자의 스타킹을 세면대에 담급니다. 스타킹에 붙은 머리카락과 여자에게서 막 떨어져 나온 죽은 살결이 세면대 위를 둥둥 떠다닙니다. 나는 물이 떨어지는 스타킹을 화장실에 걸어두고 조용히 밖으로 나옵니다. 아침의 시작입니다.

　나는 자전거 페달을 밟습니다. 치과는 꼬박 20분을 달리면 도착하는 거리에 있습니다. 나는 매일 아침 20분만 자전거를 탑니다. 물론 자전거를 더 타고 싶은 생각은 들지 않습니다.

집에서 치과까지 가는 길은 똑같은 간격에, 단지마다 가로수, 아파트 단지, 분식집까지 모조리 다 비슷한 규격을 갖추고 있습니다. 그런 길은 20분을 달리든 40분을 달리든 앞으로 나아가고 있지 않다는 느낌이 들 뿐입니다. 나는 똑같은 풍경이 세 번 지날 때쯤 도착합니다. 주머니 속 열쇠가 짤강댑니다. 분식집 앞을 지나자 고소한 냄새가 훅 풍깁니다. 노른자가 이 사이에서 흐르는 여자의 모습을 떠올립니다. 갑자기 엄청난 허기가 밀려옵니다. 배고파. 나는 입속으로 바람을 삼킵니다. 여자와는 다르게 윤기 없이 갈라진 머리칼이 시야를 번거롭게 합니다.

치과는 이 층에 햇볕을 비긴 채 서 있습니다. 이 치과는 나보다 오래되었습니다. 얼마나 오래되었는지 모르지만 이곳에 사람들이 몰리기 시작한 이후로, 처음 세워진 건물이라고 하니 꽤 오래된 것 같습니다. 이십 년도 더 된 환자들도 있습니다. 그들은 매일 말끝마다 자신들이 이 치과에 온 지 이십 년도 더 되었다고 말합니다. 어린아이가 어른이 될 때까지 한 치과를 찾는다고 생각하니 속이 메슥거립니다. 이를 보는 것은 그 사람의 가장 단단하고 더러운 뼈를 보고 있다는 생각이 듭니다.

병원에 들어서자마자 익숙한 냄새가 코를 찌릅니다. 나는 역시나 매일처럼 아침이 왔다, 정말로 아침이 왔어, 라는 생각을 반복해서 합니다. 치과는 아직 아무도 없습니다. 나는 재빨리 전등과 엑스레이를 켜고 기공실에 들어가 모터를 켭니다. 큰 굉음을 내며 돌아가는 모터 소리가 울립니다. 기공실에는

김
남
숙

폐기된 모형 치아들이 쌓여 있습니다. 분홍, 노란색의 알록달록한 치아 무더기가 보입니다. 접단면이 어긋나 쓸 수 없는 가짜 치아들과 기포가 들어가 제대로 된 이를 만들 수 없는 모형들이 무더기로 쌓여 있습니다. 나는 그것들 중 아무거나 두 개 꺼내어 잘 맞지 않은 치아를 서로 부딪치며 딱딱 소리를 냅니다. 잘 맞으면 좋을 텐데. 나는 중얼거립니다.

환자의 이름을 부릅니다. 오후 두시가 넘을 때까지 환자가 끊이지 않습니다. 지금쯤이면 여자가 막 잠에서 깨어났을 시간입니다. 차가워진 기름이 묻어난 계란 프라이를 막 우물거리고 있을지도 모릅니다. 원장은 곧 그만둘 거라고 말합니다. 하와이나 발리 쪽으로, 신이 있다면 거주할 만한 곳으로 가겠다고 말합니다. 이제 준비는 거의 다 되어간다고. 이제는 여행이 아닌 완전한 이주, 그런 걸 하겠다고 말합니다. 하루에도 몇 번씩 이가 잘못 심어진 이들이 전화도 없이 병원에 들이닥칩니다. 그들은 늘 혼자서 들이닥치고 매일 다른 얼굴이지만 대개 비슷합니다. 그들은 나이가 아주 많습니다. 저녁에 무얼 하는지 늦은 오후에 치과를 찾는 법은 없습니다. 그들은 모두 저녁에 발길을 뚝 끊습니다. 어쩌면 매일 저녁, 문을 걸어 잠그고 죽음을 기다리는지도 모릅니다. 그들에게선 늘 그런 사람에게서 나는 불쾌한 냄새가 나니까요. 비에 젖은 들개 냄새나 날개가 부러진 새 냄새. 몸의 무기질을 제외한 모든 것들이 낡아 무너지는 냄새. 나는 그럴 때마다 여자의 스타킹 냄새를 다시금 떠올

럽니다. 여자는 그들과 달리 살아 있습니다. 여자의 냄새는 냄새라기보다 어떤 소리에 가깝기도 합니다. 바닥에 천천히 고이는 물소리, 넓은 운동장을 구르는 작은 돌맹이 소리……. 나는 여자가 오래오래 살았으면 좋겠다고 생각합니다.

그들은 가끔 원장의 멱살을 잡거나 나를 밀치기도 합니다. 가운데 이가 휑하거나 부러진 이를 내보이면서. 그러나 그들은 금방 체념합니다. 소리를 버럭 지르다가도 금방 어린아이처럼 주저앉습니다.

미안합니다. 이는 한번 뽑았기 때문에 다시 안 자라요.

나는 언제나처럼 말합니다.

그들은 아무 말도 하지 않습니다. 치아가 다시 자라지 않는다는 것을 그들은 나보다 더 잘 알고 있습니다. 그들의 이는 절대 다시 자라지 않습니다. 그들은 나를 보지도 않은 채, 그저 어딘가를 보고 엉엉 소리를 내어 웁니다.

미안합니다. 할아버지. 미안합니다.

나는 다시 매뉴얼대로 소리 내어 말합니다.

그들은 오랜 시간 너무 울어서 파래진 눈을 하고 있습니다. 물기가 마르지 않는 눈. 시야가 온통 파란 눈.

원장은 나에게 봉투를 쥐여 줍니다. 그리곤 늘 하던 것처럼 엉덩이를 손으로 밀쳐 그들 쪽으로 보냅니다. 나는 쉽게 밀려 납니다. 내가 여기에서 하는 가장 중요한 일은 원장이 하와이나 발리로 가기 전까지 이런 이들을 집으로 돌려보내는 일입니다.

나는 그들을 복도까지 가까스로 끌어냅니다. 한 손에 다른 병원의 진료의뢰서와 치료비를 쥐고 말입니다. 밖으로 밀려난 그들은 나를 뚫어지게 본 뒤, 이제야 그 진료의뢰서와 치료비를 순순히 손에 쥡니다. 그들에겐 생각할 시간이 늦어져서도 안 되고 오래 반복되어서도 안 됩니다. 그들은 자신의 자리가 어디인지 아는 사람들입니다. 나는 돌아가는 그들의 휑한 뒤통수를 볼 때마다 더 이상 쓸모없는 늙은 흰말에 대해 생각합니다. 그들이 말이 아니라는 것쯤은 알지만 그래 봐야 단지 냄새의 차이가 있을 뿐입니다.

대기자 명단에 적힌 이름을 부르면 환자가 들어옵니다. 이가 몽땅 썩은 사람들이 넘치기에 치과는 계속됩니다.

나는 자전거의 페달을 빠르게 구릅니다. 페달을 빠르게 구를수록 심장의 고동 소리가 관자놀이까지 전해집니다. 나는 속으로 빨리, 더 빨리를 외칩니다. 나는 감각이 사라진 지 오래인 엄지발가락을 신발 속에서 까딱거립니다. 잘하면 여자가 출근하기 전, 여자의 얼굴을 볼 수 있을지도 모릅니다. 단 5분이라도, 여자가 깨어서 짙은 풀 냄새를 풍기며 웃는 모습을 보고 싶습니다. 요즘은 통 죽은 듯이 자는 모습밖에는 보지 못한 것 같습니다. 마지막 교정 환자만 아니었어도, 조금은 더 빨리 집에 돌아갈 수 있었을 텐데. 나는 갑자기 그가 죽일 만큼 밉습니다. 다음엔 일부러라도 호스를 목젖까지 넣어줄 생각입니다. 나는 자전거를 바깥에 내동댕이친 채로 뛰어 들어갑니다. 이마를 손으로 짚고 문을 엽니다. 손과 이마에 노른자같이 찐득한 땀이 잔뜩 뱁니다. 집에는 마른 지푸라기 냄새가 가득합니다. 간이 책상에는 꾸덕하게 굳은 계란 프라이가 그대로 놓여 있습니다. 여자가 없습니다. 나는 화장실의 문을 열고 스타킹을 확인합니다. 여자가 스타킹을 챙기고 나간 지 얼마 되지 않은 것 같습니다. 바닥에는 아직 말라붙지 않은 물기가 흥건합니다. 나는 그대로 화장실 바닥에 주저앉습니다. 마구 뛰는 심장에 혓바닥이 바짝 마릅니다. 당장이라도 바닥을 핥고 싶지만 그러지는 않습니다. 아깝다, 나는 중얼거립니다.

여자는 매일 밤마다 나갑니다. 여자의 중요한 일입니다. 여자는 밤에 일을 하는 것이 낮보다 돈을 두 배는 받을 수 있다고 말합니다. 그리고 자기가 있는 곳은 너무 밝아서 언제나 아침 같다는 말도 덧붙입니다. 나는 여자의 말에 고개를 세게 끄덕입니다. 여자는 반드시 그렇게 밝은 곳에 있을 것입니다. 나는 식어버린 계란 프라이를 바라봅니다. 오늘은 여자가 늦장을 부렸는지 계란을 먹지 않았습니다. 나는 냉장고를 확인합니다. 세어보지는 않았지만 백여 개의 계란과 소 내장을 밀봉하고 있는 봉투가 냉장고를 반반씩 차지하고 있습니다. 우리의 메뉴는 계란 혹은 소 내장탕이 전부입니다. 우리는 그 외에 다른 것을 먹지 않습니다. 먹는 것은 이것으로 충분하고 실은 우리의 돈으로는 이것들밖에 살 수가 없습니다. 나의 중요한 역할은 치과에서 사람들을 돌려보내는 것이 전부니까요. 우리는 이 작은 방에서 변함없이 살아갑니다. 딱히 변화라면 계란에서 소

김
남
숙

내장탕으로 소 내장탕에서 계란으로 아침을 바꾸는 것이 전부입니다. 변함없이, 나는 그렇게 중얼거리며 웃습니다. 여자와 변함없이 이곳에 살 생각을 하니 기분이 좋습니다. 여자는 밤에 가장 밝습니다. 너무 밝은 곳에 있어서 볼 수는 없지만 그래도 돈을 두 배로 법니다.

나는 화장실로 들어가 미리 샤프란에 물을 풀어 대야에 담아놓습니다. 다음 날 아침 여자의 스타킹을 기다립니다. 여자와 나는 이곳에 아주 오래오래 살 것입니다. 여기는 발리와 하와이보다 더 좋은 냄새가 납니다.

배를 팔아먹는 나라

김덕희

2013년 《중앙일보》 중앙신인문학상으로 등단.
소설집 『급소』가 있다.

선거 때마다 투표율이 반토막 났다. 사람들은 정치를 믿지 않은 지 오래됐고 누가 당선되건 상관하지 않았으며 자기 지역 국회의원의 이름과 얼굴을 그 임기가 끝날 때까지 모르는 경우도 많았다. 처음에는 투표하지 않는 쪽이 비난받았는데 나중에는 투표하는 쪽이 유난 떤다는 소리를 들었다. 그래도 선거는 때만 되면 치러졌고 형편없는 투표율 속에서도 당선자와 낙선자가 갈렸다. 선거일 직전까지만 해도 생사를 같이할 것처럼 굴던 당선인 쪽 사람들이 갑자기 둘도 없는 원수가 되었다. 물론 그 반대의 경우도 많았다. 연례행사처럼 벌어지는 꼴불견에 사람들의 마음속에서 환멸은 더욱 커져만 갔다.

사람들에겐 좀 세상을 먹고 살 만하게 만들어줄 누군가가 필요했다. 그러나 선출된 어떤 누구도 그렇게 해주지 못했다. 그저 월급이 오르지 않는 건 본인의 능력이 부족하기 때문이었고, 능력이 부족한 건 제때 공부를 해놓지 못해서였으며 공부를 못한 건 가난한 부모 밑에서 태어난 주제에 노력마저 부족했기 때문이라고만 했다. 노력만 하면 성공하게끔 사회 시스템이 잘 돌아가고 있다고 했다. 그런 중에도 뉴스에서는 정치꾼과 장사치들의 비리와 부정과 특혜 소식이 하루가 멀다 하고 쏟아졌다. 어떤 사람이 이거 뭔가 이상하지 않느냐고 물으면 다른 어떤 사람은 언제는 안 그랬느냐며 콧방귀만 뀌었다. 오래전부터 그랬다.

전임자가 어찌 해먹었든 간에 새 선거는 또 시작됐다. 이번엔 대통령 선거였다. 치열하고 지리한 선거전 끝에 선거일이 다가왔다. 선거 당일에는 온종일 각종 방송과 SNS에서 투표를 독려하는 캠페인이 진행됐다. 그러나 실시간으로 집계되는 투표율은 도무지 고개를 들 기미를 보이지 않은 채 투표가 종료됐다. 중앙선거관리위원회의 공무원들은 경악했다. 대통령 선거로는 직접투표가 시행된 이래 최저치로, 고작 18%였다. 표의 수가 적은 만큼 개표도 일찍 끝났다. 낙선자 쪽에서 18% 투표율에 그친 선거에서 3% 득표차로 갈린 결과에 승복해야 하는지를 두고 목소리를 내기 시작했다. 중앙선거관리위원회의 존폐에 대해서도 말이 많았다. 출구조사와 병행됐던 방송 3사의 합동 설문 조사에 따르면 다음 선거 때는 투표율이 한 자릿수를 보일 수도 있다고 나왔다. 이 나라의 중앙선거관리위원회는 선거 관리만 빼고 다 잘한다는 얘기가 나돌았다.

간신히 정권을 잡은 이들은 비상대책위원회를 설치해 국민들의 정치 혐오와 무관심을 해결할 방법을 고심했다. 무엇보다 18%의 투표율과 51%의 득표율로는 국민의 선택을 받았다는 명분이 너무 약했고 야당에서는 허니문 기간도 두지 않고 계속해서 정권의 정통성을 공격해오고 있었다. 언론 또한 야당의 원색적인 선동을 그대로 받아쓰기만 했기에 새 정부의 지지율은 계속해서 저공비행 중이었다. 출구를 모색해야 했다. 국무총리가 비상대책위원회를 설치해 대책을 수립하겠다고 발표했지만 지난 정부에서도 대책을 수립한다거나 계획을 모색한다거나 재발을 방지하겠다는 식의 발표는 많았다.

중앙선거관리위원회 산하에 설치된 대책위에서 90일 동안의 연구 기간을 모두 소진한 뒤 몇 가지 안을 추렸다. 그러나 전국의 엘리트들이 머리를 맞대 만든 것들임에도 위원장의 마음에 드는 건 없었다. 선거관리위원장으로서 당연직으로 비상대책위원회의 위원장을 맡아야 했을 때부터 우려했던 일이었다. 위원장은 제안서 검토를 절반쯤 남겨놓고 오랫동안 담배를 피우고 차를 마셨다. 제안들이 모두 이런 수준이라면 여론의 뭇매를 맞을 게 뻔했다. 다른 국무위원들의 견제 또한 겁났다. 어딘가 덫에 걸려든 기분이 들었다.

제안서들을 마저 검토하던 중에 하나의 안이 위원장의 눈길을 끌었다. 제안자의 직책과 이름을 보니 위원회의 가장 말단에 있는 한 연구원이었다. 위원장으로서는 제안자의 얼굴을 기억할 수조차 없었다. 제안서는 굉장히 파격적이었다. 너무 과격해서 위원장은 이런 게 어떻게 여기까지 올라올 수 있었는지 의아했다. 그러고 보니 팀장이나 수석이 아닌 말단의 연구자 이름 단독으로 올라온 이유를 알 수 있을 것 같았다. 누구도 책임지고 싶지 않은 것이었다. 그러나 결재를 거치는 동안 모두를 설득했다는 건 분명했다. 위원장은 고민에 빠졌다. 과연 이걸 국무회의에 가져갈 수나 있을까. 그러나 다른 안들 보다 확실히 눈길을 끄는 효과는 있었다. 위원장 자신도 처음에는 연구원이 제정신으로 만든 안이라고 보지 않았다. 그러나 오래가지 않아 생각이 바뀌었다. 제출된 그 어떤 안보다 정교했고 독특했다. 실현 가능성보다는 전체의 틀을 크게 한번 흔드는 데 주목적이 있는 것 같았다. 보고서를 거듭 읽을수록 점점 더 빠져들어 버렸고 결국 위원장은 문제의 제안서를 숙성시켜 국무회의에 부치기로 했다.

위원장의 정책안 브리핑을 받은 국무위원들은 그를 경질해야 한다고 입을 모았다. 모두 정권을 창출하는 데 기여한 공신들이었으나 논공행상의 과정에서 불만들이 어느 정도씩 있었다. 불만을 우회적으로 터뜨리고 제 몫을 다시 주장할 좋은 계기로 삼았다. 그러나 곧 누구도 예상하지 못했던 기류가 흘렀다. 모두들 내색하진 않았으나 정책안이 말한 대로 되는 세상을 꿈꾼 적이 적어도 한 번은 있었기 때문이었다.

안의 골자는 선거의 4원칙을 바꾸는 것이었다. 누구나 투표를 할 수 있고 누구나 한 표씩 행사할 수 있는 보통, 평등 원칙부터 변해야 한다고 했다. 행사되지 않는 투표권과 더불어, 잘못 선동된 투표권을 방지하기 위해 투표권의 양수 양도를 자율 의사에 맡길 수 있다고 주장했다. 쉽게 말해 투표권을 사고 파는 게 가능한 세상을 얘기하는 것이었다. 정책안은 첫째, 발의와 공고 단계에서부터 국민들에게 선거의 4원칙에 대한 허위를 강하게 심어줘야 한다고 했다. 여기에 사용될 슬로건은 매우 간단명료했는데, "투표가 밥 먹여주냐"였다. 둘째, 개정안의 논리는 매우 구체적이고도 합리적으로 보여야 하는데, 그 큰 틀은 다음과 같았다.

1. 투표권은 만 19세가 되는 모든 국민에게 최초 1회 발권된다. 이때의 당사자를 투표권의 "발권자"라 한다.
2. 발권된 투표권은 투표권 거래시장에서 19세 이상의 국민이라면 누구나 거래할 수 있다. 이때 정당한 거래에 의해 투표권을 취득한 자를 "소지자"라 한다.
3. 투표권은 발권자가 사망신고됐을 시 그 투표권 소지자의 의사와 관계없이 소멸된다.
4. 투표권 상속은 인정되지 않으며 소지자가 사망했을 시 소지자에게 발권된 투표권은 소멸되고 소지자가 보유한 투표권은 전량 선거관리위원회에 귀속된다.
5. 선거일 90일 이내에 타인의 투표권을 소유한 자는 해당 선거에 입후보할 수 없다.

6. 모든 투표권은 발권자의 최종 전입신고지를 등록지로 하며 타 선거구에 등록지를 둔 투표권은 행사될 수 없다.

그리고 셋째로 의결 등의 실무 단계가 가장 중요한데, 아무리 저항이 거세더라도 일단 밀어붙이면 형통할 거라고 했다.

개헌안이 발의되자마자 비판 여론이 불같이 일었다. 예상된 저항이었다. 이미 수백 번이나 시스템을 통해 시뮬레이션을 돌려봤다. 예측된 물결은 파고가 아무리 높아도 위협적이지 못했다. 시스템은 72시간 안에 저항 세력이 반토막 날 거라고 했다. 반면 찬성 세력은 꾸준히 증가한다고 나왔다. 과연 그렇게 되었다.

국무회의에서 위원장의 경질 문제로 시끄러웠을 때 잠자코 있던 보건복지부와 문화체육관광부가 위원장에게 접근해왔다. 투표권 거래시장은 아주 훌륭한 세원이 될 게 분명했다. 두 기관의 장관들은 투표권 거래시장에서 확충된 국세를 관련 예산으로 우선 배정하는 데 힘을 써준다면 돕겠다고 했다. 기획재정부를 움직이는 건 어려운 일이 아니었다. 위원장과 기재부 장관은 사돈지간이었다. 반대 투쟁의 선봉에는 문화예술계 인사들과 시민단체가 포진해 있었다. 그들을 달래기에 '복지와 문화예술 지원'은 더없이 좋은 카드였다.

야당은 복잡한 셈을 하느라 입장 발표를 미뤘다. 강성 운동권 출신의 초선 의원들이 결사의 각오로 투쟁하겠다고 성명을 발표했으나 당 지도부는 신중론을 채택했다. 곧바로 초선의원들의 탈당 파동이 있었지만 오래가지는 못했다. 계파의 말석에라도 줄을 대려면 너무 도드라져서는 안 되었다. 게다가 "투표가 밥 먹여주냐"는 슬로건은 막강한 힘을 발휘해서 그들의 투쟁 동력을 가볍게 무력화시켰다. '결사의 각오'를 다지던 초선 의원들은 '구국의 결단'으로 입장을 선회했다.

위원장은 제안서를 쓴 말단 연구원의 선견지명에 놀라고 있었다. 보건복지부와 문화체육관광부의 접근이나 야당의 움직임은 이미 제안서에서 예고돼 있었다. 복지나 문화예술계를 최우선적으로 설득해야 한다는 근거로는 오래전 로또를 도입할 때 국가가 사행성 조장에 앞장서려 한다는 여론을 잠재웠던 선례를 들어놓고 있었다. 야당이 갈피 못 잡는 행보 끝에 협력하게 될 거라는 건 사실 그들에게도 불리하다고만 할 수는 없는 일이기 때문이었다. 이미 여당과의 대척점에서 구호를 외치는 일은 일종의 쇼가 된 지 오래되었다. 투표율이 그냥 바닥까지 떨어진 게 아니었다.

총선을 겸해 개헌을 위한 국민투표만 남겨놓고 모든 절차가 마무리됐다. 국회의 의결을 앞두고 광화문 한복판에서 한 남자가 분신으로 개헌을 막으려 하다가 숨졌으나 매스컴들은 그일을 다뤄주지 않았다. 그저 이번에는 국회의원만 뽑는 게 아니라 개헌 투표도 하니 모두 동참해야 한다는 선전만 지속적으로 내보낼 뿐이었다. 직전의 대선에서 보인 투표율이라면 지금까지 쌓은 노력이 허사가 될 수밖에 없었다. 정치권과 방송, 각계 전문가들이 나서서 개헌에 힘을 모아달라고 호소했다.

하루가 멀다 하고 여론조사 결과가 발표됐다. 투표를 하겠다는 응답은 20% 내외에서만 움직이더니 슬금슬금 올라 투표일에 가까워지자 40%에 이르렀다. 그 안에서 찬반 의견은 어느 쪽이 우세하다고 단정 지을 수 없는 수준에서 오락가락했다. 외신들도 보도를 하기 시작했다. 미국의 유명 토크쇼 진행자가 한국의 상황을 비꼬며 말하길, 한국은 아주 좋은 조선 기술을 가지고 있는데 그건 원래부터 자기들끼리 배를 사고파는 데 익숙하기 때문이라고 말했다. 그는 자기의 B 발음(boat)이 종종 V와(vote) 구분되지 않을 때가 있는데 부디 코리안들은 오해를 말길 당부한다고 덧붙였다.

드디어 투표일이 되었다. 긴장이 감도는 가운데 아침 일찍부터 투표소로 사람들이 몰렸다. 정부는 이제 다 된 거나 마찬가지라고 자신했다. 선거권자의 과반이 문제였지 찬반은 별로 걱정하지 않았다. 엄청난 물량을 쏟아부은 여론전과 물밑에서 치밀하게 이뤄진 공작이 보증하고 있다고 믿었기 때문이었다.

그날 발표된 투표율은 80%에 육박했다. 모든 여론조사와 전문가 예측을 훌쩍 뛰어넘은 수치였다.

시
그
널

김 연 희

2009년 대산창작기금을 수혜하며 등단.
소설집 『너의 봄은 맛있니』가 있다.

말랑말랑 당당당당 댄스가 아니라 당근, 당근이 먹고 싶은 2만 명, 욕심쟁이는 화성에서 모두 같이, 춤을 추며 당근 파티

갑작스럽게 시작된 노랫소리. 주방 옆 선호와 선빈의 방에서 새어 나왔다.

　　여기 있는 사람 모두 다, 탄탄 타타탄 타타탄 샤, 이쪽도 저쪽도 그쪽도 요쪽도, 타타탄 타타탄, 세계를 향해 날개를 펴.

가사가 특이했다.

　　우주를 향해 날아가자, 지구 위에 손을 잡아라. 화성은 빨강, 지구는 파랑, 달님은 노랑, 우주는 시그널, 아름다운 시그널.

노래에 귀를 기울이며 고모가 깨끗이 씻은 쌀을 스테인리스

내솥에 붓는 걸 보았다. 고모는 플러그를 꽂고, 취사 버튼을 눌렀다.

"쿠쿠가 맛있는 취사를 시작합니다."

고모가 어깨로 내 어깨를 부드럽게 밀었다.

"이제 다 했으니까 가서 티브이나 봐."

개수대에 흙 묻은 양파와 당근 두 개가 있었다.

"잡채 하려고?"

"니가 좋아하잖아. 이제 다 했어."

고모가 다시 한 번 어깨로 밀었지만, 나는 고리에 걸려 있는 플라스틱 필러를 빼냈다. 흙 묻은 당근을 물로 씻고, 필러로 껍질을 벗겼다. 당근은 선명한 주홍색이 되고, 문득 노래가 끝났다는 걸 깨달았다. 노래에 당근 파티라는 구절이 있던 것 같은데. 우주가 시그널이라고 했던가. 시그널. 우주는 시그널. 아름다운 시그널. 시그널이 아름다울까. 아름다운 시그널이란 무엇일까.

"주영아, 동우 심심한 것 같은데." 거실에서 고모부가 불렀다. 고모가 등을 떠밀며 맥주를 가지고 나가라고 말했다. 나는 쟁반에 시원한 맥주 두 병과 나이테가 살아 있는 나무접시와 작은 보라색 제비꽃이 그려진 포트메리온 안주 접시를 올려놓았다. 냉동실에서 오징어 한 마리를 꺼내서 가스레인지에 굽고, 안주 접시에 마카다미아와 땅콩을 부었다. 고모가 민들레 꽃씨가 섬세하게 세공된 크리스틸 맥주잔 세 개를 골라 주었다.

쟁반을 가지고 나가서 유리 테이블에 내려놓았다. 삼인용 가죽 소파 양쪽에 고모부와 동우가 앉아 있었다. 나는 테이블 옆 카펫에 앉았다. 고모부와 동우는 태극기가 나부끼는 텔레비전 화면을 바라보고 있었다. 모자와 선글라스와 군복을 입은 사람들이 태극기를 흔들었다. 군대 연병장에서 울려 퍼질 법한 힘찬 노래가 흘러나왔다. 요즘 들어 매주 열리는 태극기 집회.

텔레비전에서 볼 때는 어쩐지 실제의 일 같지 않았다. 그런데 지난주 토요일에 일이 있어서 지하철 5호선 광화문역에서 내려 시청 쪽으로 향했다. 광화문 광장은 봄을 맞은 공원처럼 사람들로 붐볐다. 촛불 집회를 기다리는 사람들이었다. 나는 길에서 나누어 주는 따뜻한 믹스커피로 언 손을 녹이고, 세월호 분향소 옆에서 나누어 주는 노란리본 열쇠고리를 백팩에 매달았다. 블랙리스트 시인들의 시집도 사고, 하늘을 올려다보았다. 파란 하늘이 깊고 멀었다. 볕은 다정한데, 바람이 차가웠다.

걷다 보니 멀리 시청이 보였다. 도로를 가로지르기 위해 지하도로 들어가니 몇 개의 출입구가 봉쇄되어 있었다. 그중 열려 있는 곳은 태극기 집회 가장자리로 이어졌다. 뒤로 경찰이 있고, 앞에는 성난 벌떼처럼 태극기가 펄럭였다. 시위대 양옆에 설치된 대형 스피커에서 우렁찬 투쟁가가 쏟아져 나오고 있었다. 노랫소리가 심장 박동을 자극했다. 잠시 뒤 누군가 노래 위로 돌을 던지듯 절규를 토했다. "나가서 싸웁시다!", "애국 보수의 힘을 보여줍시다!"

"저거 다 돈 주고 하는 거라던데?"

고모부가 말했다. 동우가 맥주병을 들고 두리번거렸다. 나는 주방으로 갔다. 고모가 과도로 시금치 뿌리를 똑똑 베어내고 있었다. 냉장고에서 노란 뿔이 달린 유니콘 오프너를 떼어내는데, 선빈의 목소리가 들렸다.

"혀엉, 혀엉, 이제 그만 봐. 나 옥토넛 보고 싶어."

고모가 양손에 과도와 시금치를 들고 뒤를 돌아보며 말했다.

"선호야, 동생도 보게 해줘."

방문이 반쯤 열려 있었다. 선호와 선빈이 컴퓨터 앞에서 어깨싸움을 하고 있었다.

"혀엉, 이제 옥토너엇."

나는 웃으며 거실로 나가서 유니콘 오프너로 맥주 뚜껑을 열었다. 동우가 고모부에게 맥주를 따랐다.

"잔이 하나 모자란데?"

"난 안 마셔."

고모가 주방에서 대꾸했다. 우리는 맥주를 마시며 텔레비전이 들려주는 대통령의 비리에 귀를 기울였다. 텔레비전은 그들이 대포폰으로 하루에 몇 번 통화했고, 누군가는 그 모든 것을 수첩에 적었고, 수첩의 개수는 무려 사십여 권에 이른다는 사실을 시시콜콜 전해주었다. 또한, 한때 막강한 권력을 쥐었지만, 이제 재판에 회부된 남자가 등장했다. 그 남자는 얼굴이 단

팥빵처럼 동그랬다. 내가 말했다.

"저 남자 어렸을 때 귀여웠을 것 같아."

동우가 입을 열었다.

"기자 쏘아보는 것 봐. 레이저 나오겠다."

고모부도 한마디 했다.

"절에 가면 사천왕 있지. 부리부리."

"탐험 보고! 탐험 보고!" 선빈이 노래를 부르며 방에서 튀어 나와 거실을 가로질러 소파 위로 기어 올라갔다. 선호와의 어깨싸움에서 진 것이었다. 곧이어 화면이 바뀌었다. 파란 모자를 쓰고, 파란 옷을 입은 새하얀 곰이 등장했다. 새하얀 곰은 얼굴이 하트 모양인 펭귄과 애꾸눈 고양이를 데리고 다녔다. 나는 전에 그들을 본 적이 있었다. 애니메이션 '바다 탐험대, 옥토넛'의 대원들로 이름이 바나클, 페이소, 콰지였다. 바나클은 선장이고, 페이소는 구급대원이고, 콰지는 일등 항해사쯤 되었다.

'바다탐험대, 옥토넛'의 대원들은 말뚝망둥어를 말리는 중이었다. 말뚝망둥어는 작은 갈색 물고기인데, 발처럼 생긴 앞지느러미를 진흙 속에서 퍼덕이며 서로에게 진흙을 던졌다. 그러면서 소리를 질렀다. "내 땅에서 나가!", "니가 나가!", "여긴 내 땅이니까, 니가 나가라고! 썩 꺼져!" 말려도 소용없었다. 옥토넛이 사는 옥토포드라고 불리는 문어 모양 잠수함 실내가 진흙으로 엉망이 되었다.

바나클은 해달 쉘링턴에게 해결 방법을 물었다. 쉘링턴은 해양학자였다. 쉘링턴에 의하면 말뚝망둥어들이 영역 다툼을 하는 건 타고난 본성이었다. 그들은 그렇게 타고났기에 특별한 방법이 없었다. 결국, 바나클이 페이소와 콰지에게 작은 그릇을 나누어 주었다. 그들은 작은 그릇에 진흙을 퍼 담아 흩어졌다. 말뚝망둥어들은 자기 진흙을 지키기 위해 바나클과 페이소와 콰지를 쫓아가서 그릇으로 들어갔다. 진흙이 담긴 작은 그릇 속에서 말뚝망둥어들은 만족해하며 밤을 보냈다.

나는 맥주를 들고 선호의 방으로 갔다. 선호는 침대에 기대어 스마트폰으로 포켓몬스터를 잡고 있었다.

"잘 잡혀?"

"이 동네에는 포켓몬이 없어. 다른 동네에 있는 것처럼 맵을 조작해서 잡아야 해."

"그렇게도 하는구나. 그런데 아까 그 노래는 뭐야?"

"무슨 노래?"

선호가 스마트폰에서 눈을 들었다. 며칠 전 고모가 보내온 사진에서처럼 붉은빛이 도는 안경을 쓰고 있었다. 사진 속 선호는 안경을 쓰고, 손가락으로 브이를 만들고 있었다. 안경이 얼굴보다 커 보였는데, 실제로 보니 잘 어울렸다. 피부가 뽀얘서 아직 아이 같지만, 벌써 열세 살이었다.

"아까 어떤 노래가 나왔는데. 당근 파티 어쩌고."

"아, 요괴워치."

이름도 괴상했다. 요괴워치라니.

"그게 뭐니?"

선호는 침대에서 일어나 의자에 앉아 컴퓨터를 켜고 유튜브로 들어가서 요괴워치를 검색하더니 화살표를 눌렀다.

화면에 어디서도 본 적이 없는 기묘한 조합이 등장했다. 눈이 둥글고, 파란 입술이 두툼한 사람이 우주복을 입고 가운데에 서 있었다. 그의 양옆으로 안경을 쓴 단발머리 여자아이와 토끼가 있었다. 여자아이는 그나마 정상으로 보이지만, 토끼는 우주복을 입고 있었다. 우주복에 달린 헬멧 밖으로 희고 긴 귀가 솟아 있었다. 그들 뒤로 토성처럼 너른 띠를 두른 행성이 비스듬히 떠 있었다.

봉고 슈슈슈 슈슈슈 샤, 화성에 살고 싶은 1만 명, 요요 비트에 맞춰서 랩을, 춤을 추고 싶은 5만 명, 말랑말랑 당당당당 댄스가 아니라 당근, 당근이 먹고 싶은 2만 명, 욕심쟁이는 화성에서 모두 같이 춤을 추며 당근 파티

화면 아래로 가사가 흘렀다. 가사를 눈으로 확인하니 이게 뭐지? 싶었다. 잠시 뒤 화면이 바뀌고 남자아이와 고양이처럼 생겼지만, 고양이가 아닌 것처럼 보이는 무언가가 등장해서 춤을 추었다. 그들은 토성의 너른 띠 위에서 뻣뻣하게 움직였다. 그다음에는 얼굴이 태양처럼 번쩍거리는 괴생명체가 몸을 흔들었다. 압권은 얼굴이 나무처럼 생긴 납작한 초록색 생명체가 빨간 행성 위에서 군무를 추는 장면이었다. 수십 개의 초록색 생명체가 일렬로 늘어서서 팔다리를 흐느적거렸다.

선호가 웃으며 말했다.

"요괴워치 개재밌어. 볼래?"

나는 고개를 끄덕이며 침대에 앉았다. 거실에서 "탐험 보고! 탐험 보고!" 하는 노랫소리가 울려 퍼졌다.

선호가 요괴워치 1화를 틀어주었다. 1화는 전체 이야기의 도입부로 하얀 별이 그려진 티셔츠를 입은 소년이 곤충 채집을 나갔다가 낡은 뽑기 기계에서 요괴를 뽑는 내용이었다. 바람을 잔뜩 넣은 풍선처럼 희고 통통한 요괴가 둥둥 떠 있었다. 요괴는 자신을 위스퍼라고 소개하더니, 소년의 집사를 자청했다.

소년은 얼결에 요괴를 데리고 집으로 돌아갔다. 위스퍼는 요괴들이 이상한 현상을 일으키는 이상한 존재라고 떠벌렸다. 소년은 요괴들에게 관심이 없었다. 그런데 집에서 부모가 다투고 있었다. 소년의 부모는 푸딩을 누가 먹었느냐를 두고 상대를 비난하며 짜증을 쏟아냈다.

문 뒤에서 소년은 싸우는 부모를 걱정스러운 표정으로 지켜보았다. 위스퍼가 소년에게 요괴워치를 건넸다. 소년이 요괴워치를 손목에 두르고 버튼을 누르자 밝은 빛이 뻗어 나갔다. 거대한 슈크림처럼 생긴 동요리느가 부모 사이에 서 있었다. 동요리느는 분위기를 흐리는 요괴였다. 존재를 들킨 동요리느는 남편과 싸워서 갈 곳이 없다며 흐느꼈다. 얼마 뒤 동요리느의 남편 호노보노가 등장했다. 동요리느와 호노보노는 비슷하게 생겼지만, 호노보노는 밝은 빛을 내뿜으며 환하게 웃었다. 동요리느가 호노보노의 품에 안겨 떠나자 소년의 부모가 화해했다.

1회가 끝나자 선호는 짜증 지네와 코에피가 등장하는 에피소드도 틀어주었다. 짜증 지네는 말 그대로 지네처럼 생긴 요괴인데, 꼬리로 꽉 물면 누구나 짜증을 냈다. 코에피는 무엇이든 흐르게 했다. 코에피가 건드리면 물감, 침, 콧물, 초코바 같은 것들이 전부 다 뚝뚝 떨어졌다.

짜증 지네가 나오는 에피소드를 보는 중에 선빈이 방으로 들어와 내 옆에 누웠다. 선빈은 자세를 한 번도 바꾸지 않고 잠이 들었다. 나는 퀼트 무늬 오리털 이불을 덮어주고, 코에피 에피소드가 끝나자마자 밖으로 나갔다. "쿠쿠가 맛있는 밥을 완성했습니다. 밥을 잘 저어주세요."하는 소리를 들었기 때문이다. 나는 고모에게서 밥그릇을 받아 식탁에 내려놓았다. 그러면서 곁으로 다가온 동우에게 속삭였다.

"모든 게 요괴 탓이야."

"요괴?"

"응. 요괴. 이 세상 모든 건 요괴 탓이야. 다 요괴가 벌인 일이야."

텔레비전이 국민연금에 삼성이 끼친 손해가 6,000억 원에 이른다는 소식을 큰 소리로 떠들었다.

"그러니까 저것도 요괴가 벌인 일인 거야. 돈 요괴겠지. 아니면, 욕심 요괴던가."

"민폐 요괴 아닌가."

고모부와 선호가 다가와서 우리는 자리를 잡았다. 고모는 물병을 식탁에 내려놓고 앉았다. 식탁에 여러 가지 음식이 차려져 있지만, 나는 잡채 위주로 먹었다. 당면에 간이 잘 배어 있었다. 고기와 야채의 비율도 알맞았다. 게다가 내가 깎은 당근이 곱게 채 썰어져 고기, 당면, 야채 속에 섞여 있었다. 당근을 보니 당근 파티 어쩌고 하는 노래가 떠올랐지만, 젓가락으로 잡채를 돌돌 말아서 입으로 가져갔다. 내가 잘 먹으니 고모가 내 몫으로 한 그릇 더 가져다 주었다. 작은 그릇에 담긴 잡채를 보고 있으니 왠지 진흙 속에서 만족스러운 밤을 보낸 말뚝망둥어의 기분을 알 것 같았다.

사
랑

김종옥

2012년 《문화일보》 신춘문예로 등단.
소설집 『과천, 우리가 하지 않은 일』이 있다.

많이 변했다고 생각했지만, 사실 변하기 전의 모습이 어땠는지 기억나는 것도 아니었다. 이것은 기억의 문제라기보다는 경험의 문제에 가까웠다. 그러니까 이 구역, 이 근방을 변하기 전에 - 그게 언제일까? - 자주 와보지 않은 것이다. 하지만 한 번도 와보지 않았다고 보기는 어려웠다. 한 번 이상일 가능성도 높았다. 서울에서 평생을 살아왔다면……. 세종문화회관 맞은편, 도로 중앙에 광화문광장이 있고 - 광화문광장! 이건 정확히 언제 만들어진 걸까? 그는 역시 그것이 생기기 전에 그곳이 어땠는지 기억나지 않았다 -, 거기서 다시 도로를 건너면 바로 이곳이다. 여기서 시청 방향으로 조금 내려가다 왼쪽으로 방향을 틀어 그만큼, 어쩌면 그보다 조금 더 걸어가면 종각역이 나온다. 그렇게 걷는 게 이 구역의 바깥 면을 두르는 것이다. 그는 종각역은 잘 알았다. 종로서적, 파파이스, 그리고 종각. 영풍문고가 어딨는지, 머릿속에서도 쉽게 떠올릴 수 있다. 또 더 나아가면 종로 3가, 그곳은 훨씬 더 잘 알고 있다. 그가 젊었을 때는 극장을 간다고 하면 가장 먼저 떠올리는 게 그곳이다. 피카디리, 단성사, 대한극장. 물론 낙원상가에 있는 허리우드극장도 빼놓을 수 없다. 그리고 인사동, 피맛골……. 그 이름들을 하나하나 떠올릴 때마다, 기억도, 어떤 일들도, 사람들의 얼굴도 함께 떠오른다. 하지만 이 구역에는 그런 게 없었다. (사람들은 이 구역을 뭐라고 부를까? 이른바 랜드마크가 뭘까? 뭔가 있긴 할 텐데 그는 몰랐다.) 하지만 분명히 변했다. 왜냐하면 건물들이 다 새것이기 때문이다. 새것인데다 세련되었고, 그리고 무엇보다 번잡스럽지 않았다. 아주 조용했다. 방금까지 돌아다녔던, 광화문광장과는 전혀 달랐다. 마치 그쪽은 관광지이고, 딱 여기서부터 현지인을 위한, 그것도 부유한 현지인을 위한 구역인 것 같았다. 상점이나 카페, 음식점 등의 분위기도 그랬다. (어떤 면에서 신도시의 어느 거리처럼 느껴졌다. 아니, 그것과는 조금 다를지도. 오히려 외국의 어느 거리 같았다.) 늦은 밤이기 때문인지, 아님 다른 이유인지 문을 닫은 곳도 많았다. 그런 거리를 두 사람은 걸었다. 그제야 거진 이십오 년 만에 그녀를 만났다는, 그녀와 단둘이, 그때처럼 '함께' 있다는 느낌이 들었다. 그녀와 남들 모르게 만나고, 밥을 먹고 - 그들 처지에 어울리지 않게 고급 식당에서! - …… 잠을 잤던 그때처럼.

그녀는 대학교 1년 선배였고, 운동권이었고, 운동권치고는 예쁘고, 세련되게 옷을 입었다. 아니, '운동권치고는'이란 말

김종옥

은 빼야겠다. 아무튼 그녀는 그러려고 마음을 먹으면 충분히 화려하게 보일 줄 알았다. 한마디로 그녀는 눈에 띄었다. 그런 그녀가 몰락⑵했을 때, 운동권에서 쫓겨났을 때, 자기가 속한 조직에서 모든 권한을 빼앗겼을 때, 그는 군대에 있었다. 물론 그 당시에는 그런 사실을 알 수 없었다. 여름이었고, 그가 속한 부대에서 유례없는 집중 폭우로 산비탈이 무너졌고, 토사가 막사 하나를 덮쳤다. 여러 사람이 죽고, 실종되었다. 실종자 수색이 있었다. 수색이라고 하지만 그저 땅을 파는 것이었다. 뙤약볕 아래서 전 부대원이 구역을 나눠서 그저 땅을 팠다. 파는 일 자체는 어렵지 않았다. 굳은 땅이 아니라 진흙이었으니까. 단지 무더웠을 뿐이다. 처음 며칠은, 애도와 어떤 기대에 차서, 다들 별말이 없었다. 금방이라도 손이나 팔, 어떤 신체 부위가 삽날에 닿을지도 모른다고 생각했고, 흙을 퍼내기 위해 줘야 할 힘과, 그런 신체를 훼손시켜서는 안 되기 때문에 줄여야 할 힘 사이에 어떤 균형에 대해 생각했다. 하지만 햇볕은 너무 따가웠고, 작업은 길고 지루했다. 모든 게 지난밤의 꿈 같았다. 매점이 있던 곳에 이르러 작업은 다시 활기를 띠었다. 어떤 부대원은 전자시계를 찾았다. 플라스틱 포장지에 꼼꼼히 싸여 있어서 아주 멀쩡했다. 하지만 중대장이 가져갔다. 어떤 것도 맘대로 자기 호주머니에 넣어서는 안 된다. 나중에 발각되면 엄벌에 처하겠다. 그렇다면 음료수는 어떨까? 그게 무슨 문제가 될까? 그들은 마셨다. 그도 하나 마셨다. 아직도 기억나는 게 '미에로 화이바'였다. 웃기게도 그걸 마시면서 예전에 그녀와 함께 가곤 했던 여관 미니 냉장고에 들어 있었던 게 기억났다. 그것을 중대장이 봤다. 작업을 마치고 다시 막사로 복귀했을 때 연병장에 부대원들을 세워놓고 중대장은 여기서 단 한 번이라도 음료수 같은 걸 마신 사람은 앉으라고 했다. 그는 서 있었다. 서 있는 사람을 하나하나 확인하는 중대장과 눈이 마주쳤다. 그는 그냥 앉는 게 무슨 의미인지 몰랐다. 게다가 앉으나 서나, 이미 중대장은 알고 있는 일이 아닌가 싶은 생각도 있었다. 아니면 다른……. 잘 몰랐다. 자신이 왜 끝까지 그대로 서 있었는지 알 수 없는 일이었다. 왜냐하면 실종자는 여전히 땅 속에 있을 것이기 때문이다. 그리고 아무도 이제 진지하게 그를 찾고 있지 않았다. 포클레인이 필요했다. 그가 생각한 건 그뿐이었다. 너무 더웠다.

생각해보면 그는 단 한 번도 그 일에 대해 진지하게 생각해보지 않았던 것 같다. 신입생을 대상으로 한 세미나 같은 게 있었다. 학생회가 주관했다. 일종의 교육 같은 거였다. 어떤 사진들…… 그들이 한 일, 만행, 앞으로 우리가 해야 할 일…… 사실과 역사를 구분하는 일…… 아니 반대던가? 그녀를 바라봤다. 그러다 문득 자신이 예전에 읽었던, 난쟁이가 등장하는 유명한 사회 비판 소설에 자주 등장하던 한 단어가 떠올랐다. 사랑. 그는 그 소설집이 마음에 들었다. 특히 어떤 단편인가 마지막에 여자가 옷을 벗는 장면이 있었는데, 정말 눈앞에 그 장면이 생생하게 떠올랐다. 이 새끼 정말 좋았겠네, 그런 생각을 했다.

그녀의 문제는 남자였다. 그렇게 들었다. 애인이 있는 남자를 - 그것도 조직에서 높은 자리에 있던 - 건드렸다. 아니면 반대로 그 남자가 그녀를 건드렸거나. 한번 그게 문제가 되자, 예전의 문제들도 수면 위로 떠올랐다. 일이 정확히 어떻게 진행됐는지는 알 도리가 없었다. 그런 일들에 기록이 있을 리도 없었다. 지금과는 다르다. 진상 조사도, 징계 위원회 같은 것도 없었다. 모두들 쉬쉬했다.

하지만 지금 문제는 훨씬 더 간단했다. 채권. 그녀가 평생 벌어도 갚지 못할 돈. 그게 무슨 서류인지 알 수 없으나, 채권추심 회사로부터 온 서류에 그 액수가 쓰여 있었는데, 아무리 그녀라도 손이 떨리지 않을 도리가 없었다고 한다. 사람들은 일 억이나 십 억, 심지어 백 억 등에 대해서 쉽게 말하고 생각하고는 한다. 하지만 그게 자기 인생에 지워진 어떤 거라는, 자신이 직접 갚아야 할 어떤 것이 되었을 때, 그것의 무게는 전혀 달라진다고, 그녀는 말했다. 그는 그 '무게'라는 단어가 너무 뻔한 비유라고 생각했다. 그러니까 그에게도 역시 그것은 쉬운 '숫자'에 불과했다. 하지만 지금은 좀 나아졌다고 했다. 완전히 해결된 건 아니지만, 협상을 진행 중이라고. 사람을 죽이기야 하겠냐고 했다.

두 사람은 계속 걸었다. 아까 광장 근처 커피점에서 산 일회용 컵에 담긴 커피를 어쩌다 쏟았다. 아, 아까워라. 그녀의 손과 팔에도 커피가 튀었다. 괜찮아? 괜찮아. 휴지도 뭐도 없어서 그냥 흔들어 털어야 했다. 여자가 칠칠맞게 가방에 휴지도 없냐고 그는 말했다. 그녀는 웃었다. 쓰레기통이 보이지 않았다. 뭐야, 거리가 이렇게 깨끗한데 쓰레기통 하나가 없냐. 그는 빈 일회용 컵을 들고 어디 버릴 데가 없는지 찾다가, 어느 구석 사람들이 버린 그런 일회용 컵과 빈 음료 캔 등이 한데 모여 있는 곳을 발견했다. 그는 그곳에 그것을 놓았다. 그런 그를 그녀가 바라봤지만 아무 말 하지 않았다.

그녀의 젖은 손과 팔이 마음에 걸렸다. 시간이 지나면 끈적끈적해질 것이었다. 잘 씻기지 않을지도 몰랐다. 설마 그럴 리야. 그는 그런 걱정을 하는 자신이 조금 웃긴다는 생각을 했다. 편의점을 지나치면서 물티슈를 살까 생각했지만 그러지 않았다. 큰길에 이르러 택시를 기다렸다. 마지막으로 악수를 하자고 했다. 그녀는 그게 뭐냐는 식으로 웃었지만 결국 손을 내밀었다. 젖지 않은 손이었다. 하지만 그가 손을 바꿨다. 역시 끈적끈적했다. 마음이 움직였다. 그는 그대로 끌어안고 그녀의 목덜미에 입술을 갖다 댔다. 그뿐이었다. 택시가 왔고, 그녀가 탔다. 잘 살아. 남편하고 열심히 돈 벌어서 빚도 다 갚고. 그녀는 웃으면서 그것을 다 갚으려면 남편이 백 명이거나, 자신이 한 백 번쯤 다시 태어나야 한다고 말했다. 그 말은 좀 재밌었다. 좋은 비유였다. 그녀가 떠나고, 그는 조금 망설이다가 아까 종이컵을 버린 데로 돌아갔다. 아직 그곳에 있었다. 그는 그것을 집어 들고 다시 쓰레기통을 찾기 시작했다. 그건 도덕도 뭐도 아니었다. 사랑이었다. 아직 사랑을 말할 때는 아니지만, 아니, 이제 사랑을 말할 때는 아니지만, 사람들은 사랑이 뭔지 모른다고 그는 생각했다. 그게 얼마나 무섭고 끔찍한 것일 줄.

내 기억으로 나는

박솔뫼

2009년 『자음과모음』으로 등단.
소설집 『그럼 무얼 부르지』
장편소설 『을』 『백 행을 쓰고 싶다』 『도시의 시간』
『머리부터 천천히』가 있다.

내 기억으로 나는 인쇄소 부근 골목에서 어릴 때 자주 놀았다. 작은 인쇄소와 기념패나 상장을 제작하는 가게와 의료기기 수입상이 있는 골목이었다. 그리고 몇 개의 알 수 없는 작은 사무실들이 있었고 지금은 기억에서 사라진 사무실 이름들을, 그때는 하루에도 몇 번씩 부르고 조합해서 그곳이 어떤 곳일 거라는 것을 만들었고, 들어갔다 나오는 사람들 역시 어떤 사람들일 것이라고 혼자서 미리 생각했다. 사실 그곳에서 자주 놀았다기보다 그 근처에서 살았고 집 근처를 자주 왔다 갔다 한 것에 가까울 것이다. 뭔가 놀기는 놀았겠지만 친구들과 놀이를 했던 기억은 몇 번 되지 않는다. 술래잡기를 가끔 했고 아이들과 함께 어딘가를 향해 무작정 뛰었던 기억이 있다. 고무줄이나 숨바꼭질 같은 것도 거의 하지 않았다. 했을 수도 있지만 아마 했더라도 몇 번 안 되었을 것이다. 그보다는 어떤 집을 지날 때면 늘 그 뒤에 숨고 붉은 벽돌의 건물을 중요하다고 생각하고 집과 집이 만나며 생기는 그늘 같은 것을 자주 생각하였다. 눈앞의 장소들에 크게 의미를 부여했고 그 의미와 함께 장소를 흡수했다. 그때 나는 몇 개의 점을 두고 여기에 들렀다 저기서 숨을 수 있다 같은 식으로 골목 이곳저곳에 지금 본다면 전혀 비밀스럽거나 숨기 좋아 보이지 않은 곳들에 중요한 곳이라는 의미를 부여해두었다. 장소에 정해둔 점 같은 것이 다른 기억보다 훨씬 생생하다.

그 골목을 나오면 큰길이 있었고 나오자마자 바로 지역 은행이 있었는데 붉은 벽돌 건물의 은행 입구에는 동백나무처럼 잎이 두꺼운 나무가 자라고 있었다. 어느 날엔가 그 앞을 지나는데 나뭇잎에 돈이 걸려 있었다. 천 원이다, 하고 다가가니 돈이 자꾸 나왔다. 그렇게 나뭇잎 사이에 걸려 있던 돈은 6천 원이었다. 정말 큰돈이었다. 큰돈이라고 생각하면서 들떠 있었다. 그때 함께 나무에 걸린 돈을 나눠 가졌던 얼굴들은 희미하지만 붉은 벽돌의 은행 건물과 그 앞에서 자라던 나무는 그보다 선명하게 남아 있다. 은행이라 돈이 떨어져 있었던 것이라고 생각했는데 아니 떨어져 있다기보다 나무에 열매처럼 매달려 있었는데 건물의 누군가가 실수로 바깥으로 돈을 떨어뜨려버린 걸까 그렇다면 주우러 나와도 되었을 텐데 그럼 일부러 나무 위에 돈을 뿌려놓고 간 것일까 어째서? 그런 생각을 하다가 은행을 마음속에 점으로 찍어두고 다시 골목으로 시선을 옮긴다.

공간에 몇 개의 점을 지정해두고 그 안에 뭐가 있는 것처럼 생각하는 것은 성인이 되어도 계속되었는데 대학에 들어가 학교 앞 나무들로 마음속에 오각형을 그렸다. 그 안을 지날 때에만 눈을 감았다. 그 안을 지나는 것이 중요한 것이라고 생각했다. 무언가 다른 것이 그곳에 흐른다고 느껴졌을 때도 있지만 그것은 뭐랄까 중요한 것이라고 생각하면 중요해지는 그런 것이라고 생각한다.

몇 년 전에 읽은 책 중에는 『북한행 엑서더스』라는 책이 있다. 테사 모리사 스즈키$^{Tessa Morris-Suzuki}$라는 일본 경제사·사상사 전공의 학자가 쓴 책으로 이 책은 조총련 북송 사업에 관해 중점적으로 다루고 있다. 50년대 후반부터 60년대에 걸쳐 북으로 가게 된 조총련의 절대다수는 이전에 북과는 아무런 연고가 없던 남한 출신들인데 그들이 어떻게 북으로 가게 되었는가, 거기에는 조총련 수뇌부와 일본 적십자 양쪽의 뜻이 맞았기 때문이라는 것이 저자의 생각이다. 책에는 당연히 당시의 상황에 대해 증언해줄 수 있는 사람들의 인터뷰가 있는데 기억에 남는 것은 현재 부산에 살고 있는 사람의 인터뷰였다. 그 사람은 일제시대 일본으로 건너갔다가 북송 사업으로 북한에 가려다가 어찌어찌하여 가지 않고 일본에서 살다가 다시 부산으로 건너와 국제시장에서 양말 장사를 하고 있었다. 책을 읽다가 그 사람들이 머물렀던 곳을 마음속으로 역시 점으로 찍어보게 되었다. 그러려고 한 것도 아니고 읽다 보니 자연스럽게 점을 찍고 그 사이를 오가고 있었다. 더 멀리 간 사람들도 있기는 할 것이고 더 멀리 더 자주 사는 곳을 옮겨야만 했던 사람들도 있을 것이지만 북한에 갈 뻔했다가 일본에서 생활하다가 다시 부산으로 건너온 사람에 대해 부산-도쿄-(북한)-도쿄-부산 같은 식으로 생각해보게 되는 것이다. 그 외 많은 사람들은 제주-도쿄 / 오사카-니가타(북송선이 출발하던 곳)-북한 같은 점일 것이다. 또 몇몇은 다시 일본으로 돌아오기도 했는데 책에 실린 사례의 대부분은 다시 일본으로 돌아올 수 있었던 사람들의 것이었다. 그것은 당연한 일인데 일본에서 북으로 갔다가 계속 북에서 살고 있는 사람의 사례를 찾아서 싣기란 깊게 생각해보지 않아도 거의 불가능에 가까울 것이기 때문이다. 소개된 사례는 일본인인데 조선인 남자와 결혼을 하게 되어 북으로 가게 된 경우가 많았다. 보통 친정에서 반대를 하였지만 이미 결혼을 한데다가 또 당시에는 정보가 정확하지 않았기 때문에 아주 비관적으로 생각하지도 않았던 것 같고 또 다시 돌아올 수 없을 것이라고도 생각하지 않았던 것이다.

그중 한 가족은 북으로 떠나기 전까지 아이치현에서 헌책방을 운영하던 사람들이었다. 헌책방의 이름은 〈아카시아 서점〉인데 나는 다른 것보다 그들이 헌책방을 운영했다는 것과 그 책방의 이름이 〈아카시아 서점〉이었다는 것이 오래도록 기억에 남았다. 책의 부분적인 내용들은 거의 잊었는데 그 책방의 이름이 〈아카시아 서점〉이었다는 것만은 뚜렷했다. 나는 무얼 팔거나 하는 재주는 별로 없지만 만약에 내가 카페를 열게 되면 이름을 〈아카시아 서점〉이라고 지어야지라고 잠깐 생각했었다. 커피를 팔지만 이름은 서점으로 할 것이다. 하지만 정말로 그 순간이 오면 실제의 〈아카시아 서점〉은 그 가족에게 조금 슬픈 장소였을 것이므로 그 이름을 쓰지 않는 편이 나을 것이라고 생각하게 될 것이다.

책을 본 이후로 마음속으로 여러 번 그들이 지났던 곳을 떠올려보게 되는데 지도 위에 손을 얹고 손으로 지도를 밀듯이 움직여보게 된다.

부산역에서 국제시장까지 걷다 보면 가끔씩 북으로 갈 뻔했으나 가지 않았던 그 사람이 생각이 났다. 그 사람에 대해 생각하다 보면 종종 사람들의 머리 위로 몇 개의 점들과 선들이 오가는 것 같고 우리는 어디에 안 가더라도 안 갈 수 없다는 생각을 하게 된다. 우리는 아무 데도 가지 않고 부산에서 태어나 부산에서 자랐더라도 어딘가로 끝없이 자신을 밀며 그게 꼭 앞으로는 아니지만 다음으로 앞으로 가고 있다. 그럴 수밖에 없다는 생각. 그렇게 가고 있다는 흐름과 방향이 아주 짧은 시간 눈앞에 나타나고 나는 잠시 아주 짧은 시간 그것을 보다가 만다. 북에 갈 뻔했던 누군가는 어쩌면 북에 갔던 누군가는 일본으로 돌아와 다시 부산으로 향했으며 부산에서는 시장에서 양말을 팔고 있다. 그리고 또다시.

아무튼 부산에서 마음속으로 찍어두는 점은 부산역과 부산타워 국제시장의 몇 개의 가게 같은 것인데 내가 찍어본 점 안에 있는 사람들은 당연히 그것을 눈치챌 수 없을 것이다. 내 머리 위에 누군가 점을 찍어둔대도 나도 그것을 알아차릴 수 없듯이 말이다. 하지만 아주 드물게 아주 가끔 어딘가 가는 내가 뚜렷하게 보일 때가 있을 것이고 물론 그러다 말 것이고 아마 그뿐일 것이다. 하지만 잠깐의 그 확실한 보임은 보이는 것으로 확실하게 존재하고 있다. 그것이 무언가를 바꾸고 있는지는 확신할 수 없지만 말이다. 점을 이은 선과 선 안에 있을 때 그게 눈을 감고 지날 수 없을 정도로 넓고 길다면 대부분은 알아차릴 수 없을 것이다. 우리가 각자가 어디 안에 있고 어디 밖에 있는지 말이다. 그러면 중간중간에 눈을 감으면 되겠지만 감지 않더라도 할 수 없다고 생각한다. 아무튼 가고 있고 하고 있고 잠깐 볼 수 있던 가는 사람들의 방향과 흐름을 나는 선명하게 기억하려고 한다. 그렇다면 나는 또 그것을 내 기억으로 나는, 이라고 말하며 언젠가 말하고 있겠지.

취업을 시켜드립니다

백가흠

2001년 《서울신문》 신춘문예로 등단.
소설집 『귀뚜라미가 온다』
『조대리의 트렁크』 『힌트는 도련님』 『사십사』
장편소설 『나프탈렌』 『향』 『마담 뺑덕』이 있다.

스물다섯의 김은 올해 지방에서 4년제 대학을 갓 졸업한 사회 초년생이다. 물론 취업은 되지 않았다. 입사 원서를 150군데나 지원했지만 그에게 연락이 온 곳은 없었다. 그를 비롯해 같이 졸업한 동기 40여 명의 상황도 비슷했다. 대학 때부터 해오던 아르바이트를 계속하는 경우가 대부분이었다. 다만 학교를 다니면서 하던 주말 아르바이트를 평일에도 하고, 주말에 쉬던 아르바이트를 늘린 것 말고는 변화된 일상은 없었다. 졸업생 누구도 미래에 대한 어떤 기대를 품은 이 적었다. 어떤 계획을 세우고 준비를 한다고 해서 자신들이 원하는 미래가 온다고 믿는 사람은 없었다. 취업준비생이라는 이름으로 대학 때와 비슷한 시간이 연장되는 것뿐이었다. 몇몇은 공무원 시험 준비에 나서기도 했으나 불확실한 미래를 더욱 불안하게 만드는 일일 뿐이었다.

그러던 중 김에게 낭보가 날아들었다. 이번 졸업생들 중 유일하게 취업이 이루어진 것이다. 그를 아는 친구들은 어떻게 그에게 이런 행운이 온 것인지 이해하지 못하겠다는 반응들이었다. 김에겐 다른 꿈이 있었고 그맨 처음이 실현되는 것 같아서 뛸 듯이 기뻤다.

김은 옥타(OKTA, 세계한인무역협회)를 통해 한국 정부가 추진중인 청년 실업 문제 해결을 위한 해외 취업 알선 프로그램에 합격했다. 그래서 그리스 아테네의 한 한인이 운영하는 무역회사에 인턴사원으로 취직을 하게 되었다. 3개월의 인턴 실습 후에 정직원으로의 전환이 가능한 기회였다. 3개월 동안의 인턴 실습 임금을 정부가 지원하며 이후 정직원 채용 전환을 유도하는 프로그램이었다. 청년 실업난을 해소하기 위해 청년들의 해외 취업 알선을 위한 한국 정부의 야심찬 계획의 일환이었다. 달라진 그리스의 이민 정책으로, 인턴 실습 이후 정직원이 되고 정기적인 임금이 보장된다면 영주권을 획득할 기회도 주어진다.

지긋지긋한 한국을 떠나 새로운 세계에서 새 출발할 기회가 생긴다는 것에 김은 꿈에 부풀었다. 그리스가 국가부도사태에다 상황이 여의치 않다는 것을 잘 알고 있었지만, 그마저도 오히려 큰 기회라고 그는 여겼다. 무엇보다 한국의 IMF 상황을 온몸으로 뚫고 자라온 세대인 김은 그런 국가 상황이 개인에게 어떤 영향을 미친다는 것을 잘 알고 있던 터였고, 자신이 그런 상황에 오히려 잘 훈련된 사람이라는 자부심마저 있었다.

프로그램 참여가 확정되고 나자 일은 일사천리로 진행되었다. 정확히 무슨 일을 하는지는 알지 못했지만 그쪽의 상황이 다급한 모양이었다. 회사 사장에게서 직접 전화가 걸려온 것은 옥타에서 합격 소식을 받은 날 새벽이었다. 너무나 기뻐서 친한 동기 몇과 밤늦게까지 축하 파티를 열고 막 들어와 잠자리에 들었던 터였다. 기대감에 쉽게 잠들지 못하다 겨우 눈을 붙이자마자 한 메신저 무료 전화가 연속해서 여러 번 울렸다. 한 번도 사용해보지 않았던 터라 받지 않았는데, 계속해서 전화가 걸려와서 이상한 마음에 김은 전화를 받았다.

"여기 아텐스의 코리아하우스야. 자네 김군 맞지?"

"아텐스라구요? 아, 아테네요. 네에, 네에 맞습니다."

"축하하네. 그런데 여기 상황이 급해서 말이야. 자네, 다음 주에 들어올 수 있나?"

"다음 주요? 아, 그렇게나 빨리요? ……그게, 준비할 게 많아서 너무 촉박할 거 같은데요."

김은 난감했다. 앞으로 평생 살게 될지도 모를 그곳 인생의 새로운 설계를 하기엔 너무 촉박한 시간이었다.

"그냥 비행기만 끊어서 오라구. 내가 협회에는 얘기를 해놓았으니까, 비행기는 빨리 구할 수 있을 거야. 필요한 건 여기 다 있구. 일단 3개월만 있을 거란 생각으로 들어오라구. 인턴 끝난 이후에 체류 결정되면 여유 시간 있을 거야. 필요한 것들은 우편으로 받아도 되고 말이야. 그러니 다음 주 월요일까진 들어와야 해."

"월요일요? 그럼, 3일밖에 시간이 없는데……."

"아무 걱정 하지 말고 오기나 하라구."

"그런데 정확히 무슨 일을 하는 겁니까?"

"그건 와보면 알게 되는 거구. 사지 멀쩡하지? 그렇게 힘들고 큰일은 아니야. 그리스에서 살 수 있는지 실습하는 기간이라고 여기면 돼."

"아, 네에."

"하여튼 빨리 서둘러야 해. 우리 시간 없다구. 알지? 못 와서 안달난 친구들 많은 거. 우린 누가 와도 상관없어. 기다릴 시간도 없고 말이야."

"네, 알겠습니다. 빨리 준비해서 월요일엔 들어가도록 하겠습니다."

사장의 요구대로 월요일에 도착하기 위해 그는 정신없는 시간을 보냈다. 친구나 가족과 송별회 같은 것도 생략한 채 그는 쫓기듯 그리스로 향했다.

도착해서 마주한 그리스의 햇빛과 풍경은 감동적이었다. 습한 여름을 가진 한국과는 모든 게 다른 여름이었다. 그는 공항버스를 타고 사장이 메신저로 알려준 곳을 찾아가는 동안 마주한 풍경에 들떴다. 모든 게 상상한 것 이상이었다. 여름휴가 시즌을 맞이해 아테네는 도시 전체가 들떠 있었고, 그는 자기가 찾는 어떤 이상적인 풍경 안에 있는 것 같아서 행복했다. 어렵게 그는 사장이 일러준 곳을 찾아갔다. 그곳은 한인 게스트하우스였다.

도착하자마자 만 하루도 쉬지 못한 채 그는 바로 근무에 들어갔다. 도착한 날부터 임금이 계산되기 때문이라고 했다. 사장은 오고가는 이틀치의 근무 날까지 임금에 잡히는 것이 불만인 모양이었다. 짐을 풀기도 전에 이 육십대의 한국 남자는 김을 앉혀놓고 앞으로 그가 해야 할 일을 조목조목 일러주었다.

　"네가 일할 곳이 여기야. 따로 숙소 구한 거 아니지? 여기서 지내도 좋고 다른 곳에 방을 구해도 상관없지만 여기서 지내려면 똑같이 숙박료를 내야 해. 물론 밥을 먹으면 밥값도 내야 하고."

　"제가 일할 곳이 게스트하우스라고요? 그런 말은 듣지 못했는데요. 일할 곳이 한인무역회사라고 들었습니다."

　"같은 회사야. 회사에서 게스트하우스도 운영하는 것이니 그게 그거라고. 그나저나 어쩔 건가. 여기서 지낼 텐가, 다른 곳에 방을 구할 텐가?"

　"당장 어디에 방을……."

　"그럼, 여기에서 지내. 다른 곳에 돈 쓰지 말고. 내가 너에게 도움을 주는 것처럼 너도 우리에게 도움이 되면 좋잖아."

　"방값이 얼마예요?"

　"한 달에 먹고 자고 90만 원이야."

　"유로로요?"

　"아니야, 한국 계좌로 송금하면 돼."

　김은 머리가 멍해졌다. 지낼 곳과 먹는 것 문제를 고민해보지 않은 것은 아니었지만 막연하게나마 회사에서 배려가 있든지, 어떻게 되겠지 하는 심정이었는데, 생각보다 받는 임금에 비해 지출이 커서 당황스러웠다. 그가 받게 될 인턴 기간 월급은 한국 원화로 한 달에 150만 원 남짓이었다.

"여길 쓰면 되는 건가요?"

"독방을 쓰면 30만 원을 더 내야 해. 90만 원을 내면 3인실을 써야 돼. 여기가 게스트하우스잖아. 영업집이라는 걸 잊으면 안 돼. 밖에서 생활한다면 아침 여덟시에 출근해야 하고 밤 열시에 퇴근해야 해. 자, 어떻게 할 건가?"

그는 잠시 망설였다. 150만 원 중에 120만 원을 숙식비로 지출하는 게 쉽지 않아서 그는 3인실을 사용하기로 했다.

"제가 해야 할 일은 뭔가요?"

"굉장히 단순한 일이야. 그냥 이곳에 적응하는 데 필요한 소일거리지. 가장 중요한 것은 손님들이 사용한 방을 청소하는 거야. 식사 시간이 되면 상을 차리고, 손님들에게 각종 편의를 제공하는 거지. 일단 한 달은 이곳에서 일을 하고 다음 달부터 무역회사로 자리를 옮길 수도 있어. 일단 내일부터 바로 시작해야 하니 오늘은 푹 쉬라구."

김은 모든 게 막막해졌다. 뭔가에 홀려서 빠져나갈 수 없는 미로에 갇힌 기분이 들었다. 모든 게 기대했던 바와 어긋나는 것 같아 심란했지만 쉬운 일은 없는 것이라고 마음을 다잡았다. 급하게 짐을 챙겨오느라 빠뜨린 게 한두 가지가 아니었다. 그에게 주어진 3일, 준비할 서류가 많아서 그는 생필품 같은 것은 챙길 여유가 없었다. 게스트하우스는 손님이 없는지 조용했다. 그는 앞으로 살 집을 구경할 셈으로 노크를 하고 하나하나 방문을 열어보았다. 방마다 간이침대와 작은 화장대가 전부였다. 집은 낡았고 방들은 단출했다. 이곳저곳 둘러보니 잠겨 있는 방이 하나 있었다.

그는 대수롭지 않게 돌아섰는데 갑자기 뒤에서 벌컥 문이 열렸다.

"무슨 일이에요?"

"아닙니다. 그냥 이곳저곳 둘러보는 중이었어요."

"아, 내 후임으로 온 사람이죠?"

"혹시 옥타를 통해 오셨어요?"

김과 비슷한 또래의 여자가 소리 내어 웃었다. 그녀가 잠깐 들어오라는 듯이 손짓을 하며 방문을 활짝 열었다. 방 안을 보니 짐을 싸고 있었는지 어수선했다.

"저는 내일 돌아가요. 근데 뭘 잘 알고 오긴 한 거예요? 하긴 나도 그렇게 와서 3개월을 버텼으니."

"왜요? 무슨 문제가 있어요?"

"없다면 없죠. 아무 문제."

김이 걱정스러운 눈으로 그녀를 바라보자 그녀는 시선을 피했다.

"모르는 게 나을 수도 있고. 하여튼 어떤 마음으로 왔는지 짐작할 수 있는데, 모든 게 다 다르다는 것만 알아두세요."

"자세하게 얘기해주세요. 안 그래도 오자마자 걱정이 많아졌어요."

"먼저 여기에 계속 남을 수 있다는 생각을 버리세요. 사장은 애초에 그럴 마음도 없고 그럴 수 있는 사람도 아니에요. 무역 회사 같은 건 없어요. 그냥 이 게스트하우스 청소나 허드렛일을 시키려고 우릴 부른 거라구요. 문제는 간단해요. 나라에서 3개월 임금 지원받고, 일은 일대로 시켜먹고, 숙식비 챙기고, 3개월 후엔 돌려보낸 뒤 새로운 애들을 받아요. 한국에서 취직에 목맨 청년들을 꼬드기는 거죠. 해외 취업 어쩌고저쩌고하면서 말이에요. 어차피 국가에서 그러라고 만든 프로그램이니까. 문제가 있다면 국가에 있는 거죠."

"그러면 여행 왔다고 생각하는 게 낫겠어요."

"쉬는 날이 고작해야 12일이에요. 그것도 일주일에 하루예요. 여행 같은 건 꿈도 못 꿔요. 무엇보다 돌아다니면 돈이 들고 쉬면 돈을 내야 하니까."

"그냥 있다 보면 좋은 기회가 생기지 않을까요?"

그녀가 큰 소리로 웃으며 고개를 설레설레 흔들었다.

"그런 기회는 없을 거예요. 애초에 그런 기회가 없는 걸 모두 알고 시작한 지원 사업이니까. 국가가 나서서 한국 사람이 한국 사람 그냥 등쳐먹으로고 만든 사업이에요. 그게 진실의 전부죠."

"몰랐어요. 그럼, 저도 그냥 돌아가는 게 낫겠어요."

여자가 다시 큰 소리로 웃었다.

"급하게 왔죠? 이 사람들이 노리는 거예요. 쉽게 상황 판단을 못하게 정신없게 만든 거예요. 그냥 돌아가게 되면 들어간 체류 비용, 항공비 같은 것을 옥타에 반납해야 해요. 저도 그것 때문에 그냥 3개월을 버텼어요. 또 사업자가 신고해서 문제가 생겨 돌아가더라도 마찬가지예요."

"그럼, 전 어쩌죠?"

여자가 어깨를 으쓱했다.

"방법이 없어요. 그냥, 시간을 허비하는 수밖에. 국가가 우리에게 준 선물이에요."

김은 그리스에 도착하자마자 내일 돌아간다는 그녀가 부러웠다. 이런저런 걱정에 그는 뜬눈으로 아테네에서의 첫날밤을 보냈다. 이른 아침이 되자 어제 보았던 강렬한 햇빛은 여전했다. 그나마 그게 위안 삼을 수 있는 전부였다.

눈
과
귀

백민석

1995년 『문학과사회』로 등단.
소설집 『16믿거나말거나박물지』
『장원의 심부름꾼 소년』 『혀끝의 남자』
장편소설 『헤이, 우리 소풍 간다』 『공포의 세기』
미술 에세이 『리플릿』 등이 있다.

심 과장은 창의 블라인드를 둘둘 말아 끝까지 올린 다음, 잠시 몸을 기울여 창밖 풍경을 내다보다가 입을 뗐다.

"이제 뭐가 보이나 말해보세요."

돈암동 마님은 눈을 뜨고는 심 과장을 찬찬히 훑어보았다.

"선생님이요."

"그러면 이제 창밖을 보시겠어요?"

마님이 스툴에서 몸을 일으키다가 비틀거리자 심 과장이 일어서 부축했다. 그녀의 목덜미에서 알싸한 오렌지 향기가 났다.

"놀이터가 보여요."

심 과장은 더 말해보라는 식으로 마님과 눈을 맞췄다.

"미끄럼틀이 보여요. 벤치가 보이고, 그네도 보여요. 저건 뭐라고 하나요, 말처럼 탈 수 있는 거. 파라솔은 두 개는 펴놓았고, 두 개는 접어놓았네요."

심 과장은 재촉하듯 더 큰 각도로 고개를 끄덕였다.

"시소도 있잖아요."

마님은 손을 들어 검지로 유리창을 두드렸다.

"다른 건요? 다른 건 더 안 보이세요?"

마님의 심 과장을 바라보는 눈빛이 갑자기 경멸하는 눈빛으로 바뀌더니, 새하얀 미간에 팔자가 그어졌다.

"아이들은, 아이들은 안 보이세요? 시소에 아이 하나 있고, 미끄럼틀에 둘. 바닥에 아이 셋."

그리고 두 아이가 놀이터와 아파트 단지의 산울타리 사이를 들락날락하며 뜀박질을 하고 있었다. 새 학기가 시작됐지만 날은 아직 추워서 아이들은 빨갛고 파랗고 노란 원색이 화려한 패딩을 입고 있었다. 눈에 띄지 않으려야 않을 수가 없었다.

하지만 마님은 날아가는 새를 쫓는 것처럼 놀이터의 엉뚱한 곳을 두리번거리고 있었다.

"자리에 앉으세요."

마님과 심 과장은 자리로 돌아왔다. 이번에도 부축해주어야 했다. 스툴은 나이 든 환자에겐 불편한 의자일 수 있었다. 중심을 잃고 미끄러질 수도 있었다.

심 과장은 컴퓨터 자판을 두드려 방금 진료한 내용을 적었다. '선택적 시각 인지 활동'.

심 과장은 고개를 돌리고 마님을 쳐다보았다. 그러면서 일부러 부드러운 눈빛을 지었다.

"뭐가 더 남았나요?"

"아, 네. 한 가지만 더 해볼까요?"

심 과장은 컴퓨터에 동영상 재생 프로그램을 띄운 다음, 미리 준비한 영화 『보이후드』를 재생했다. 마님 쪽에서는 모니터를 볼 수 없으니 일부터 화면을 어둡게 만들 필요는 없었다. 생일 파티 장면이었다. 아이들 넷이 트램펄린 위에 올라가 뛰어놀다가 찾아온 손님을 맞는 장면, 어른 셋 아이들 넷이 뒤엉켜 와자지껄 떠드는 오 분짜리 장면이었다.

"들어보세요."

마님은 소리 나는 쪽으로 고개를 뉘었다. 눈꺼풀을 가만히 떨고 있었다.

"뭘 들으셨나요?"

마님은 난감한 표정을 지었다. 그녀뿐 아니라 대부분의 사람들은 자신이 본 것, 자신이 들은 것을 제대로 묘사하지 못한다. 평소에는 그럴 필요가 없기 때문에, 훈련이 되어 있지 않은 탓이다.

"다시 한 번 들어보세요."

심 과장은 편안한 미소를 지으며 스피커의 볼륨을 두 단계 올리고 장면을 반복 재생했다.

"뭘 들으셨죠?"

"삐걱거리는 소리요."

트램펄린 얘기였다. 낡은 소품을 가져다 썼는지 소리가 요란했다.

"그리고요?"

"고맙다는 소리, 별일 없었냐고 묻는 소리…… 장모님 선물은 압생트 술이라는 소리."

장면의 마지막 대사가 압생트 술에 대한 것이었다. 영상 없이 소리만 듣고 영어 대화 내용을 파악할 수 있는 걸 보니, 소문처럼 마님의 지적 능력이 형편없지는 않은 모양이었다.

"다른 소리는 못 들으셨나요?"

심 과장이 묻자 마님의 미간에 좀 전보다 더 크게 찌푸려졌다. 부아가 치밀기 시작한 모양이었다.

"트램펄린이 저 혼자 소리를 냈을까요? 누군가 있지 않았을까요?"

트램펄린 위엔 아이들 넷이 있었고, 트램펄린보다 더 요란하게 소리를 질러대고 있었다. 마님은 곰곰 생각해보는 눈치였다. 하지만 입을 열지는 않았다.

"올리비아, 사만다…… 아이들이 있었어요. 메이슨이라는 아이도. 플래카드 만들었단 얘기들을 하지요."

"문이 열리는 소리는 들었어요."

마님은 조금은 어리둥절하고, 조금은 이 상황을 의심스러워하고, 조금은 화가 치밀고, 조금은 슬픔에 젖은 표정이었다. 마님은 감정선이 풍부한 사람이었다. 말하자면, 정상이었다.

심 과장은 다시 자판을 두드려 '선택적 청각 인지 활동.'이라고 적어넣었다. 마침표를 찍어야 하나 하는 문제가 다시 그를 괴롭혔다. 마침표의 존재는 그 서류를 보는 누구의 관심 사항도 아니기 때문에 찍든 말든 상관없었다. 마침표는 이 서류에서, 이 상황에서, 그리고 서류를 보는 모든 사람에게, 마침표를 인쇄하느라 들어가는 한 방울 잉크의 양만큼도 의미가 없는 존재였다. 있든 없든 상관할 바가 아닌 존재였다.

하지만 심 과장은 앞서 썼던 '선택적 시각 인지 활동'에 마침표가 찍혔는지 확인하고는 커서를 옮겨 마침표를 덧붙였다. 그 자신도 마침표의 의미와 가치를 스스로 납득하지 못했지만, 그는 손을 움직여 마침표를 찍었고, 비로소 들릴락 말락 한숨을 내쉬었다.

"됐습니다."

"됐다고요?"

"제 진료는 여기까지입니다. 다른 과 의사들의 진료까지 다 끝나면, 그때 저희가 논의를 해서 원장 주치의께서 결론을 말씀드릴 겁니다."

심 과장은 안심시키려고 고개를 끄덕였다. 그러곤 후딱 자리에서 일어나 스툴에서 불안정하게 엉덩이를 떼는 마님의 왼팔을 부축했다.

심 과장은 그녀를 '돈암동 마님'이라고 불러야 한다는 사실이 마음에 들지 않았다. 그는 그녀를, 다른 환자들에게 하듯이 '환자분'이나 '어머님'이라고 불러야 한다고 생각했다. 마님이란 조선시대에나 쓰던 말이 아닐까. 아직 '마님'이 누군지 얼굴도 못 봤을 때, 그는 이 문제를 거론한 적이 있었다.

원장은 회의 첫머리에서, 돈암동 마님이 외국에 있다 귀국했는데 건강 문제로 불안해하셔서 우리 병원에 일주일 정도 입원해 계실 거라고 전했다.

"마님이라뇨? 병원에서 무슨 조선시대 사극이라도 찍습니까?"

그러자 회의실 분위기가 심 과장의 발목까지 싸늘하게 가라앉았다.

"마님! 마님? 이상해?"

원장이 좌중을 돌아보다가 심 과장에게 눈길을 멈췄다.

"아…….."

심 과장은 뭔가 낌새를 눈치채고 입을 다물려고 했지만 뜻대로 되지 않았다. 아직 서른도 되지 않은 나이의 그에게, 가장 긴 경력이 군의관 경력인 그에게, '과장'이라는 호칭을 달아준 것이 바로 이 병원이었다. 호칭을 가지고 따지고 들자면 그도 편한 입장은 아니었다.

"그 말을 다른 환자들이 들으면 어떻게 생각하겠어요?"

"……그러면 다음 주 회의 때 다시 얘기해봅시다."

원장은 심 과장의 눈을 잠깐 마주 보다가 다음 안건으로 넘어갔다. 분위기상 싫은 소리 한 마디 들었을 법도 한데 원장은 아무 말이 없었고, 그를 바라보는 시선에도 아무런 감정이 실려 있지 않았다. 알고 보니 원장이 '마님'의 주치의를 직접 맡고 있었다. 어쨌든 다음 주 회의에서는 돈암동 마님의 호칭 문제는 거론되지 않았다. 어느 누구도 호칭에 대한 말을 꺼내지 않았고, 그도 마찬가지였다.

"돈암동 마님이 글피면 병원을 찾을 겁니다."

원장이 말했다.

"일단 감기 환자나 폐렴 환자는 빠짐없이 퇴원시키세요. 마님 지시 사항입니다."

원장의 말에 분위기가 또 발목까지 가라앉았다. 하지만 심과장을 비롯해 굳이 입을 여는 사람은 없었다. 그날 하루 병원에 입원해 있던 감기 환자 폐렴 환자들은 모두 쫓겨났고, 다음날은 소독을 맡은 용역 업체에서 떼로 몰려와 병원 전체를 소독했다. 마님의 비서가 와서 미리 찍어놓은 일인용 입원실의 샤워기와 변기도 새것으로 교체했다.

그게 벌써 한 달 전 일이었다. 마님은 퇴원은 했지만 아직 통원하며 치료를 받고 있었고, 심 과장은 바로 그것도 불만이었다. 도무지 무슨 치료를 하고 있는 것인지 알 수가 없었던 것이다. 그는 내일 회의에 그 문제를 꺼내볼 생각이었다.

심 과장은 회의에서 마님이 아프지 않다고 말할 작정이었다. 아프지 않아요, 아프지 않다니까요. 그렇게 운을 떼고 원장이 반론을 제기하면 이런 진단을 덧붙일 생각이었다. 돈암동 환자분은 그냥, 보고 싶지 않은 것은 보려고 하지 않을 뿐이고 듣고 싶지 않은 것은 들으려 하지 않을 뿐이라고요. '마님' 소리도 빼버릴 생각이었다.

보고 싶지 않은 건 안 볼 자유, 듣고 싶지 않은 건 안 들을 자유, 이런 걸 인정해주자고요. 병이라고 부르지 말고. 돈암동 환자분이 가 계실 곳은 우리 병원이 아니라 명상 시설이나 종교 시설이 아닐까요? 그런 곳에 가서서 마음을 편안히 하시고, 어째서 그리도 보고 싶지 않은지, 그리도 듣고 싶지 않은지 명상을 해보시라고 해야 하지 않을까요?

심 과장은 회의식 탁자에 올려놓을 사직서를 준비했다. 병원이 이러면 안 된다고 몇 문장을 또박또박 썼다.

그냥 못 본 척하고 지나가면 될 일이었다. 그냥 못 들은 척 지나가면 될 일이었다. 별로 대단한 일도 아니었다. 세상의 모든 불의에 일일이 나설 필요가 있을까? 심 과장은 그럴 만한 인격자가 아니었다.

하지만 심 과장은 사직서의 끝에 사인까지 하고 봉투에 넣고, 겉면에 사직서라고 또 한 번 또박또박 적었다. 이젠 정말 지겹고 지겨웠다. 정말 안 보고 정말 안 들으려면 마님을 내쫓든가, 그가 떠나는 수밖엔 없었다.

계시

손 보 미

2009년 『21세기문학』, 2011년 《동아일보》 신춘문예로 등단.
소설집 『그들에게 린디합을』
장편소설 『디어 랄프 로렌』이 있다.

그는 액정에 뜬 전처의 이름을 보고 슬그머니 휴대전화를 주머니에 집어넣었다. 삼 년 전 이혼한 후로, 그녀가 먼저 전화를 한 건 처음 있는 일이었다. 아들에게 무슨 일이 생긴 걸까? 아들은 며칠 전 중학교에 입학했다. 하지만 그는 그 애와 겨우 통화 한 번 했을 뿐이다. 그는 요코스카에 있는 술집에서 일본인들을 접대하는 중이었다. 노인이 운영하는 작고 허름한 술집이었다. 그는 막연하게 접대부가 나오는 그런 술집인가보다고 생각했지만, 그런 건 아니었다. 티브이나 라디오, 음악 소리도 없이 무조건 술 마시는 것에만 집중해야 하는 그런 곳에 가까웠다. 그는 자신이 접대하는 일본인들의 취향이 참 독특하다고 생각했다. 낮 두 시가 조금 지났을 뿐이었고, 손님은 그들뿐이었다. 새벽에 나리타공항에 도착한 그는 도쿄로 가서 회사에서 미리 섭외해둔 현지 유학생 통역사와 거래처 사람들을 태우고 가나가와현에 있는 골프장까지 운전을 했다. 통역사는 스물여덟 살짜리 남자였다. 고등학교 때 일본으로 유학을 온 후 대학을 졸업하고 일본에 머물면서 간간이 이런 아르바이트를 한다고 했다. 그는 통역사가 왜 한국으로 돌아가지 않고 일본에 머무는 건지 궁금했지만 그런 걸 물어볼 만큼 무례하지는 않았다. 전날 밤에 잠을 통 못 잔 탓에 골프장으로 가는 동안만 통역사가 대신 운전을 해줬으면 싶었지만, 통역사는 운전을 할 줄 모른다고 말했다. 그는 그게 거짓말이라고 생각했지만 어쩔 수도 없는 노릇이었다. 어쨌거나, 운전은 통역사의 일이 아니니까. 골프를 치는 내내 그는 감기는 눈을 억지로 참으며 일본인들─호시노 씨와 곤도 씨와 엔도 씨─의 비위를 맞추려고 애썼다. 계약은 이미 성사된 거나 마찬가지였고 그는 그저 확인만 받으면 됐다. 달리 특별하게 그가 해야 할 일이 있는 것도 아니었다. 그들에게 얼마나 성의를 가지고 있는지만 보여주면 되었다. 그의 나이와 경력을 생각하면, 이런 자질구레하고 피곤한 일을 떠맡는 건 부당했다. 사람들이 그를 '거물'이라고 부르던 시절이 있었다. 그러니까, 한 십 년 전쯤에. 이제 그는 어디를 가도 중요한 일을 맡지는 못했다.

원래는 골프를 다 친 후 바로 도쿄로 돌아가 고급 식당에서 늦은 점심을 먹을 생각이었지만, 호시노 씨가 술을 마시고 싶다고 했다. 곤도 씨와 엔도 씨 역시 덩달아 술을 마시고 싶다고 했다. 그는 술을 마시고 싶은 건 호시노 씨뿐이고, 다른 사람들은 그저 호시노 씨의 비위를 맞추는 것뿐이라고 생각했다. 마치 자신처럼. 그는 술을 마시러 가는 게 내키지 않았다. 겨우 정오가 막 지났을 뿐이었고, 그는 금주 중이었다. 몇 년 동안 그는 술독에 빠져 살았다. 어떤 일이 먼저였는지 모르지만, 여하튼 그는 지난 몇 년 동안 계속해서 잘못된 선택을 하고, 빚을 지고, 아내와 이혼하고, 아들과는 서먹서먹한 사이가 되었다. 그가 다시 회사에 입사하고(사장은 그를 받아들인 게 옛정 때문이라고 공공연하게 말했다), 삶을 일으켜 세우려는 노력이라도 하게 된 게 불과 일 년 전의 일이었다. 그는 호시노 씨가 안내하는 대로 요코스카로 차를 몰았다. 차 안에서 일본인들과 통역사는 일본어로 이야기를 나눴다. 통역사는 자주 그에게 무언가를 통역해주지 않고 건너뛰었다. 잡담에 불과하니까 그런 거라고 그는 생각했다. 하지만 자기들끼리 이야기를 나누는 걸 보고 있으니까 자꾸 이상한 기분이 들었다. 조수석에 앉아 고개를 뒤로하고 일본인들과 이야기를 나누던 통역사가 문득 생각났다는 듯이 그를 보며 말했다. "까마귀에 대해 이야기하고 있었어요." 그는 백미러로 일본인들을 바라보며 한국어로 말했다. "저도 정말 깜짝 놀랐어요." 그들이 한창 골프를 치고 있을 때, 까마귀 열댓 마리가 마구 울어대며 저 멀리로 날아올랐던 것이다. "그전에는 한 번도 들어본 적이 없는 울음소리라고 하시네요." 그는 역시 백미러로 일본인들을 바라보며 그들의 말을 백 퍼센트 이해했다는 의미로 고개를 끄덕였다.

전처에게 다섯 번째로 전화가 걸려왔을 때, 그는 더 이상 그녀의 전화를 무시하지 못하리라는 생각이 들었다. 그는 일본인들에게 양해를 구하고 전화기를 들고 가게 밖으로 나왔다. 수화기 너머, 전처의 목소리가 좀 이상했다. 무언가 꽉 막힌 것 같았다. 그들은 어색하게 인사를 주고받은 후에 잠시 동안 아들에 대한 이야기를 나눴다. 그는 아들의 얼굴을 떠올리는 게 어렵다는 걸 깨달았다.

"무슨 일이야?"

그녀는 한참을 망설이다 그에게 말했다.

"P가 죽었대. 그것도 일 년 전에 말이야. 오늘 우연히 들었어."

그녀는 차마 뒷말은 잇지 못했다. 그는 뭐라고 대답을 해야 할지 잘 모르겠다고 느꼈다. P는 그가 회사를 나올 때 데리고 나온 여배우였다. 그것 역시 그의 잘못된 선택지 중 하나였다. 그땐 그게 최고의 선택이라고 생각했다. 아마도 P 역시 그랬을 것이다. 그들은 함께 추락했다. 그리고 P는 죽었다. 그는 전처의 반응이 놀랍다고 생각했다. 왜냐하면 그녀는 P를 죽도록 싫어했기 때문이었다.

"당신은 괜찮아?"

그녀가 겨우 던진 질문에 그는 솔직하게 대답했다.

"글쎄."

그들은 한동안 아무런 말도 하지 않았다. 잠시 후 그녀가 입을 열었다.

"저기, 미안해."

"뭐가?"

"몇 년 전에, 마지막으로 P가 당신에게 연락했을 때, 내가 못 가게 한 거 말이야."

이혼 후에 그녀가 자신에게 이렇게까지 친절하게 말해준 건 처음이라는 생각이 들었다.

"괜찮아. 나 이제 들어가 봐야 해. 접대하러 일본에 와 있어. 계약건 때문에."

"응."

그는 망설이다가 이렇게 물었다.

"저기, 서울에 돌아가서 연락해도 될까?"

그녀는 그렇게 하라고 말했다. 그는 전화를 끊었다. 기분이 이상했다. 서울에 가면 전처에게 연락을 하게 될까? 그들이 다시 대화를 시작하게 될까? 그는 거리가 텅 비어 있다는 걸 그제야 깨달았다. 이상한 일이었다. 관광지로 유명한 지역이라고 알고 있었는데, 그는 고개를 갸웃거리며 하늘을 바라보았다. 작은 구름이 천천히 흘러가는 게 보였다. 날씨는 아주 좋았다. 이제 막 시작된 봄의 기운이 완연했다. 예전에 그는 이런 걸 몰랐다. 언젠가부터 그는 어떤 일이 일어난 데에는 그만한 이유가 있어서라고 믿기 시작했다. 이를테면 엔터테인먼트계에서 성공 가도를 달리다가, 잘못된 선택을 하고, 줄줄이 실패하고, 알코올 중독자로 몇 년을 허송세월을 한 데에는 다 그만한 이유가 있는 거라고. 만약 그런 시절을 겪지 않았다면 이런 봄의 기운 같은 건 느끼지도 못했을 거라고. 가끔 그는 자신이 다시 태어난 게 아닐까 하는 생각을 했다. 그러니까 그게 일종의 계시 같은 거라고. 그 전과는 많은 게 달라졌다. 타고 다니는 자동차나, 사는 동네, 만나는 사람들, 즐겨 입는 옷의 브랜드 같은 것들……. 밤에, 자신의 작은 방에서 혼자 어둠 속을 바라보고 있노라면, 그는 죽었다 살아났다는 말을 이해할 수 있을 것 같은 기분에 사로잡혔다.

이제 그는 전처가 그런 자신의 새로운 인생을 알아봐 주면 좋겠다는 생각을 하고 있었다.

그는 술은 한 잔도 입에 대지 않았다. 그리고 일본인들과 통역사가 취해가는 걸 지켜보았다. 술집 주인인 노인은 어디에 갔는지 언젠가부터 보이지 않았다. 그를 제외한 나머지들은 왁자지껄하게 마시고 떠들었다. 물론 일본어로. 통역사는 언젠가부터 통역하는 걸 아예 그만두었다. 그는 눈치껏 그들을 따라 웃거나, 그들을 따라 고개를 끄덕이거나, 그들의 이야기를 진지하게 듣는 척했다. 일본인들과 통역사는 그라는 존재를 아예 잊어버린 것 같았다. 그는 어느 순간부터 꾸벅꾸벅 졸기 시작했다. 그리고 무언가 흔들리는 것을 느끼고 눈을 번쩍 떴다. 땅이 흔들리고 있었다. 그는 순간적으로 시계를 보았다. 2시 45분. 벽에 걸려 있던 액자와 선반에 놓여 있던 술병들이 굴러떨어졌다. 정신이 없었다. 깨지고 무너지는 소리가 들렸다. 그는 일본인들을 따라서 테이블 아래로 기어 들어갔다. 이렇게 여기서 죽게 되는 걸까? 정말 그런 걸까? 겁을 잔뜩 집어먹은 그는 문득 방금 전 통화에서 했던 전처의 말을 떠올렸다. 미안해, 몇 년 전에, 마지막으로 P가 당신에게 연락했을 때, 내가 못 가게 한 거 말이야. 세상에, 그는 그때 전처-그때는 전처가 아니었지만-를 속이고 P를 만나러 갔었다. 그리고 자신이 따로 모아두었던 돈을 P에게 모두 주었다. 그는 P가 자신을 떠나 새로운 삶을 시작하기를 바랐다. 일 년 전에 P가 죽었다는 소식을 들었을 때, 그는 장례식에 참석하지 않았다. 그 대신 그때부터 그는 인과율의 법칙에 대해 생각하기 시작했다. 모든 일은 그럴 만하니까 일어나는 거야……. 그는 P의 죽음이 자신에게 어떤 의미가 있다고 믿었다. 그럴 만해서 자신에게 일어난 일이라고 생각했었다. 세상에, 나는 우연히 살아 있었을 뿐인데. 그는 중얼거렸다. 눈물범벅이 된 채 그는 자신이 했던 개 같은 생각들을 떠올렸다. 죽었다 살아났다는 말을 이해한다고? 그의 온몸이 부들부들 떨렸다. 얼마나 시간이 지났을까? 세상이 흔들리는 건 끝났다. 그리고 그는 자신이 통역사의 팔을 꽉 잡고 있었다는 사실을 깨달았다.

몇 번의 여진을 겪은 동안, 일본인들은 그에게 괜찮아질 거라고 말해주었다. 일본인들과 통역사는 여전히 조금 취해 있었다. 일본인들과 통역사는 모두 지진 경험이 있었다. "오늘의 지진은 좀 유별나다고 하시네요." 통역사가 말했다. 얼마 후에 그들은 모두 테이블 아래에서 빠져나왔다. 그는 미묘하게 분위기가 달라진 걸 느꼈다. 일본인들이 그에게 술을 권했다. 그는 술을 마셨다. 그 후로 한두 시간 동안, 그들은 무슨 일이 벌어진지 알지 못했다. 술집 주인은 돌아오지 않았고 핸드폰은 먹통이어서 그들은 부서진 술집에 앉아서 그냥 그렇게 술만 마셨기 때문이었다. 그 역시 일단 취하기 시작하자 낯선 언어 속에서 표류하는 게 그리 싫지만은 않았다. 두 시간 후쯤 돌아온 술집 주인에게 무슨 일이 벌어진지 이야기를 들었을 때-그리고 통역사가 혀 꼬부라진 목소리로 그에게 그걸 통역해주었을 때-에는 모두 불쾌하게 취한 후였다. 그래서 그들은 술집 주인의 말을 잘 이해하지 못했다. 지진 때문에 도로 운행이 마비되어서 도쿄로 돌아갈 수가 없다는 말만은 잘 이해해서, 그들은 밤새도록 술을 마셨고 새벽녘에 되었을 때, 근처 숙소로 각자 흩어져 들어가 잠에 들었다. 그가 잠에서 깨어났을 때에는 이미 하루가 저물어가고 있었다. 그는 통역사와 일본인들을 다시 만날 일이 없을 거라고, 그래서 다행이라고 생각했다.

그리고 어디선가에서 통역사와 일본인들도 똑같은 생각을 했다.

얼마 지나지 않아, 그는 지진이 났던 날 자신이 테이블 밑에 엎드려서 벌벌 떨며 했던 생각들을 다 잊어버렸다. 그날 있었던 세세한 일들도 다 잊어버렸다. 전처와는 재결합을 했다. 어떻게 일이 그런 식으로 진행되었는지 그는 알지 못했다. 그가 아는 건, 아내가 자신에게 죄책감을 느끼고 있다는 사실이었다. 그는 지갑에 아내와 아들의 사진을 넣고 다녔다. 몇 년 후 봄에, 티브이 뉴스를 보던 그는 문득 자신이 그토록 꽉 잡고 있었던 팔을 기억해냈다. 모든 게 무너져 내리는 동안 잡을 수 있었던 단 하나. 통역사의 얼굴도 잊어버렸지만, 그것만은 기억했다.

하지만 시간이 더 지나면 그런 것 역시 까맣게 잊어버리게 되리라. 가끔 그는 그런 유혹을 느낄 때가 있었다. 자신이 죽었다 살아난 적이 있다고 믿고 싶다는. 그리고 때때로 그런 유혹에 굴복했다. 그럴 때마다 그는 그게 바로 삶이라고 생각했고 그러면 마음이 편안해졌다.

탐정과 오소리의 사건 일지

송지현

2013년 《동아일보》 신춘문예로 등단.

1. 이끼 연습, 봄.

그가 실종되었다는 연락을 받은 것은 점심을 먹고 식곤증이 몰려올 즈음이었다. 조수 오소리도 연신 나른한 하품을 하며 쇼핑몰을 뒤적이고 있었다.

– 이봐, 오소리. 뭐 재밌는 거라도 있어?

– 재밌는 게 있겠어요. 그냥 숨 쉬는 것처럼 보는 거예요.

나도 숨 쉬는 것처럼 창밖을 내다보았다. 날은 흐렸지만 따뜻했다. 사람들의 옷차림이 가벼워지는 계절이었다.

*

몇 가지 준비를 위해 나는 오소리를 먼저 현장으로 보냈다.

현장에 도착한 오소리는 부인을 만났으며, 부인의 향수 냄새 때문에 코가 아프다는 등 부인의 가방이 명품이라는 등의 이야기를 전한 뒤, 허브티를 마시고 있다고 말하고는 전화를 끊어버렸다. 내가 현장에 도착했을 때 오소리는 부인을 언니라고 부르며 웃고 있었다. 부인은 우리를 그의 방으로 안내하곤 차를 내오겠다며 가버렸다. 부인이 사라지자마자 오소리가 속삭였다.

— 매주 수요일마다 늦게 들어왔대요. 외도가 의심된다는데요.

나는 방을 둘러보았다. 남자는 약간의 수집벽이 있는 듯했다. 레코드판과 신문이 각각 벽을 하나씩 차지하고 있었고 남는 벽 하나는 커다란 창문이었다. 창문은 암막 커튼으로 꼼꼼히 막혀 있어, 빛이 들어올 틈이 없어 보였다. 나는 불을 껐다 켰다 하며 그 가설이 맞는지 확인했다. 창문 밑에는 화분 몇 개가 제멋대로 놓여 있었다. 다만 제대로 큰 식물이 없어 무엇을 기르고 있던 것인지 알 수는 없었다. 방 한가운데에 접이식 좌식책상이 있었는데 그 위에 휴대폰과 노트북이 놓여 있었다. 오소리가 코를 킁킁거렸다.

— 그런데 여기, 묘하게 다른 곳보다 축축하지 않아요?

듣고 보니 그런 것도 같았다. 나는 오소리에게 책상 위에 놓인 노트북을 켜라고 하고 늘어선 화분들을 하나하나 살피기 시작했다. 화분에는 애초에 무언가를 심은 흔적도 없었다. 이끼가 조금 끼어 있을 뿐이었다. 오소리가 노트북의 부팅 버튼을 눌렀고, 부인이 찻잔을 쟁반에 담아 들고 왔다.

– 향이 좋네요.

– 직접 키운 허브예요.

부인이 남자의 책상에 찻잔을 내려놓았다.

– 남편이 화분만 가져다 놓고 아무것도 키우지 않기에 제가 하나 달라고 해서 허브를 길렀어요. 허브는 정말 실용적인 식물이에요. 요리에도 넣어 먹고 이렇게 차로도 만들고요.

대꾸할 말이 없어서 나는 헛기침을 조금 했다.

– ……남편은 분명히 수요일의 여자와 도망갔을 거예요. 그렇지 않고는 설명이 되지 않거든요.

오소리는 미소를 지으며 여자를 문밖으로 몰아냈는데, 행동에 예의가 배어 있어서 우리가 뭔가 그럴듯한 일을 하는 듯한 느낌을 주었다. 그사이 나는 비밀번호가 걸려 있지 않은 노트북의 바탕화면에 진입했고 몇 번의 클릭 뒤에 수상한 폴더를 발견했다. 뭐랄까, 보는 순간 묘하게 축축한 기분이 드는 네이밍의 폴더였다. 폴더에는 〈이끼 연습 1〉이라는 강의계획서가 들어 있었다. 오소리가 물었다.

– 이게 뭐죠?

– 매주 수요일마다 외출했던 이유인 것 같아.

– 내 말은, 왜 이런 수업을 듣느냔 말이에요.

– 오소리는 모르겠지만 말이야, 이끼가 되는 것이 유행이던 때도 있었어. 그때는 너도나도 이끼가 되는 법이라는 책을 들

고 다녔다고. 그러니까 습도가 지금보다 높던 시절에 말이야.

- 꼰대 같은 소리하곤. 설마 팀장님도 그런 적이 있던 건 아니겠죠? 완전 안 어울려요.

이끼라니.

오소리는 현실적인 사람이었다. 나는 오소리의 이런 면을 보고 채용했다. 이런 면이라는 것으로 말할 것 같으면 오소리를 면접할 때의 일이었다. 왜, 이 사무실에 이력서를 넣었냐고 묻자 오소리는 이렇게 대답했던 것이다.

- 아무래도 이 사무실은 영, 운영이 안 될 것 같았거든요. 일을 적게 하면서 정기적인 수입을 받는다는 점이 좋았어요.

일을 적게 하는 대신 월급도 적을 것이라는 내 말에는 이렇게 대답했다.

- 저는 적게 일하고 적게 받는 게 합리적이라고 생각해요. 고작 이딴 사무실에 미래를 거는 게 아니니까요.

나는 살짝 감동했고, 다음 날 그녀에게 채용되었다는 메일을 보냈다. 그때의 일을 생각하며 나는 이번 일 역시 오소리에게 조언을 구하는 것이 현명하겠다는 생각을 했다.

- 이봐, 오소리. 너라면 남편이 여자와 바람을 피우는 편이 낫겠어, 이끼가 되려고 수업을 듣다가 결국 그 꿈을 이뤘다는 것이 낫겠어.

- 당연히 전자죠. 고작 이끼 따위가 되려고 보통의 삶을 저버리는 것은 멍청한 일이잖아요.

과연 오소리였다. 나는 거실로 나가 부인에게 부군께서 외도를 한 것은 사실이며 그녀와 떠난 것이 맞다고 말했다.

　- 그럴 줄 알았어!

　부인은 목에 걸고 있던 진주 목걸이를 거칠게 뜯으며 흐느꼈다. 소파에 어깨를 기대고, 어디선가 많이 본 실용적인 포즈로. 나는 저 진주 목걸이가 내가 이 집에 들어온 순간부터 그녀의 목에 걸려 있었는지가 궁금했다. 한참을 울던 그녀가 문득 고개를 들어 올렸다.

　- 괜찮은 변호사가 있으면 소개해주세요.

　나는 알았다고 대답했다. 실제로 내 친구의 부인의 선배는 변호사 사무실을 개업했고, 마침 이혼 전문이었던 것이었다. 게다가 그 선배는 스스로 이혼 절차를 밟았으며 반년의 조정 기간을 거친 후 현재 내 친구의 부인과 살고 있다. 하지만 이런 것까지 이야기할 필요가 없었으므로 나는 대신 남자의 방에 있던 화분을 하나 가져가겠다고 말했다.

*

　다음 날 사무실에 출근하니 오소리는 해외여행 패키지를 낮은 가격순으로 검색하고 있었다.

　- 이봐, 오소리. 어디 갈 만한 데라도 있어?

　- 돈도 없이 갈 만한 데가 있겠어요. 그냥 보는 거예요. 숨 쉬듯이.

　날은 흐렸지만 따뜻했고, 건조했다. 화분엔 여전히 아무것도 자라지 않고 있었다. 근사한 이끼 군락을 기대했건만, 흙은 더욱 푸석해 보였다. 아무래도 건조한 시대니까, 하고 나는 생각했다.

2. 선물에 대한 예의를 지키는 법, 여름

아무런 사건도 일어나지 않는 날들이었다.

실종된 남자가 이끼로 발견되었던 사건, 이른바 '이끼 연습 사건'을 해결한 뒤 오소리와 나는 각자 여행을 다녀왔다. 나는 국내 남쪽 지방에서 약 5일 정도 머물렀고, 오소리는 베트남에 다녀왔다고 했다. 그녀는 나를 위해 자그마한 전등갓을 사다 주었는데, 전구는 들어 있지 않았다.

— 전구를 사서 안에 넣으세요.

— 전선은 어떻게 하고?

오소리는 약간 짜증을 냈다.

— 선물에 대해 자꾸 묻는 건, 선물한 사람에 대한 예의가 아니라고요. 맘에 안 든다는 것 같잖아요.

나는 사과했고, 고맙다고도 했다.

— 그런데 제 선물은 안 사오셨어요?

여행을 가서 선물을 사 오는 것이 필수는 아니지 않으냐고 반박하려다가 나는 입을 다물었다. 그리고 마침 남쪽에서만 파는 소주를 사 와 사무실 냉장고에 넣어둔 것이 기억났으므로 그것을 꺼내다 주었다. 맘에 차는 선물이 아닌 듯 오소리의 표정은 시큰둥했지만, 앞서 선물에 대한 예의를 언급한 것이 바로 본인이었기에 작은 목소리로 고맙다고 말했다.

*

의뢰인의 전화를 받은 것은 일요일 오전이었다. 마침 나는 웬일로 일찍 일어나 해외 유명 록밴드 '퍼펙트 마그넷'의 보컬, 존 브라운이 사망했다는 뉴스를 실시간으로 보고 있었다. 세탁소 가는 길에 피습당해 즉사했다고, 아나운서는 따분한 말투로 전했다. 나는 텔레비전을 끄고 의뢰인의 목소리에 집중했다. 그는 침착했으나 어딘가 떨리는 목소리로 오늘 만날 수 있느냐고 물었다. 나는 언제 만나든지 상관은 없지만 일단 의뢰의 내용을 간략하게 알려달라고 했다.

– 존 브라운에게 선물한 제 곡을 다시 받고 싶어요.

그가 수화기 너머에서 대답했고, 나는 순간 약간의 이명을 느꼈다. 그는 신촌의 한 지하 술집에서 만나자고 했다.

*

그가 오기 전까지 나는 맥주 한 잔을 시켜놓고, 존 브라운에 대해 검색했다. 인터넷은 이미 추모의 열기로 가득했다. 네이버 블로그에는 10분 전, 30분 전, 한 시간 전에 작성한 퍼펙트 마그넷에 대한 글이 수백 개 올라왔고, 인스타그램에는 퍼펙트 마그넷과 존 브라운의 사진이 해시태그 RIP와 함께 등장했다. 우리나라에서 딱히 이 정도로 유명하진 않았던 것 같은데, 포털사이트들의 실시간 검색어에도 잠시 올랐을 정도였다. 마침내 의뢰인이 도착했을 때, 나는 존 브라운의 일대기를 대충이나마 숙지하게 되었고, 술집에선 퍼펙트 마그넷의 음악이 계속 흘러나오고 있었다.

─ 혹시……

그는 공손한 얼굴로 나를 내려다보았다. 그의 인상에 주목할 만한 점은 없었다. 몇 년 전쯤 유행하던 옷차림이라는 것 외에는. 나는 서둘러 일어나 고개를 살짝 숙이며 인사를 했고, 그는 나의 맞은편에 앉았다. 의뢰인은 맥주를 주문하더니 수줍게 말했다.

─ 절 미친 사람이라고 생각하시겠죠. 저라도 이런 연락을 받는다면……

이라고 말하는 그의 인지능력은 매우 정상인 것 같았다. 그와 조금 대화한 결과, 그가 신촌 인근 실용음악 학원에서 강사로 일하고 있다는 것을 알게 되었다. 35세였고, 이름은 김민수였다. 정말 흔한 이름이군, 이라고 나는 생각했다.

그는 존 브라운과 처음 연락하게 된 것은 인터넷을 통해서였다고 말하며 몇 개의 자료를 꺼내들었다. 메일 내용을 프린트한 것이었고, 영어였다. 나는 영어 독해 능력이 최악이었으므로 일단 그것을 받아두기만 했다. 마침 종업원인지 사장인지가 맥주를 가져다주었다. 할리 데이비슨 마니아일 것 같은 인상으로, 구레나룻부터 턱까지 수염을 기른 남자였다. 그러고 보니 이 술집도 묘하게 몇 년 전쯤 유행했을 것 같은 느낌의 장소였다.

– 자기가 만든 곡을 올릴 수 있는 사이트가 있어요.

– 누구라도요?

– 네. 전 세계 누구나요. 어쨌든 거기에 몇 곡을 올렸는데, 그때 존에게서 연락이 왔어요.

– 그게 언제죠?

– 대학 기숙사에 있었을 때니까, 아마도 스무 살쯤?

대략 15년 전, 이라고 나는 메모했다. 물론 메모한 것이 사건에 도움이 된 경우는 한 번도 없었지만.

– 실용음악과를 나오셨나요?

– 아아, 전혀 아니에요. 기계공학을 전공했는 걸요.

그러면서 그는, 유명 아이돌의 곡을 몇 개 작곡했는데, 그 경력으로 실용음악 학원에서 강사로 일할 수 있었다고 말했다. 그 곡들이 내게도 익숙한 것들이라 나는 깜짝 놀랐다.

– 그 정도의 경력이라면 존에게 선물한 그 곡은 없어도 되는 것 아닌가요?

그러자 그는 다시 수줍게 웃으며 말했다.

– 그게…… 저는 그 곡의 작곡가가 저라는 걸 밝히고 싶은 게 아니에요. 그냥 제 삶의 무언가가 이제 완전히 떠나버려서, 아무것도 남지 않았는데, 그 무언가가 있던 때를 추억하고 싶

을 뿐이랄까요.

그는 맥주를 들이켰다.

- 최근 제 삶엔 정말 아무것도 없거든요. 정말. 없다는 말조차도 사라질 정도로 공허해요. 그래서 그 곡을 썼던 시절의 기억으로만 살고 있어요. 그러다가 존이 죽었다는 뉴스를 보고 생각한 거예요. 내 곡을 돌려받아야겠다고.

- 존에게는 그 곡을 어떻게 선물하게 되었나요?

- 메일을 여러 번 주고받은 후에, 그와 메신저로 새벽마다 이야기를 나누었어요. 우리는 정말 잘 맞는 친구였죠. 존은 저에게 많은 영향을 받았고, 저도 마찬가지였죠. 그때는 자면서도 멜로디가 들릴 때였어요. 우리는 매일 그런 멜로디들을 공유했죠. 그러다 어느 날 존이, 자신은 더 이상 곡을 쓸 수 없다며, 이제 아무런 멜로디도 들리지 않는다는 거예요. 무언가가 삶에서 떠나버린 것 같다고 했어요.

- 허.

- 그땐 얼마든지 더 많은 곡을 쓸 수 있다고 생각했어요. 멜로디가 사방에서 제게 흘러 들어왔거든요. 그래서 그의 생일에 선물로 한 곡 주었죠. 그는 그걸 '선물'이라는 제목으로 발표했어요. 1집 음반에 있는 곡이죠.

그러고 보니 이 술집에서 계속 나오고 있는 곡이었다.

- 이제 제가 존에게 다시 선물을 받을 때예요.

*

다음 날 나는 오소리에게 그 서류를 건네주었다. 이미 알고 있었지만 오소리의 영어 실력은 꽤 좋은 편이었다. 오소리는 세계적으로 유명한 록밴드 보컬의 사적인 대화를 훔쳐볼 수 있다는 것에 매우 흥분했다.

- 예술가들의 전기에서나 보던 '뮤즈'라는 단어가 이럴 때 쓰이는 건가 봐요. 서로가 서로의 뮤즈가 되어……. 아, 낭만적이야. 어쨌든 조사 결과 존 브라운의 메일 주소와도 일치하고, 민수 씨 말은 다 사실인 것 같아요.

- 그래?

- 아, 이 둘이 음악 올리던 사이트가 아직도 있으려나.

오소리가 인터넷 주소창에 서류에 적힌 사이트의 주소를 입력했고, 성인 사이트의 메인 화면이 떠올랐다. 오소리는 아쉬워하며 말했다.

- 민수 씨한테 이 시기의 다른 곡도 보내달라고 하면 안 돼요?

- 얘기는 해볼게.

나는 오소리에게 서류의 내용을 모두 번역해서 알려달라고 말했고, 오소리는 금방 정리해서 보내주겠다고 했다.

- 아, 민수 씨가 존 브라운에게 선물했다는 그 곡, 제가 퍼펙트 마그넷 앨범 중에 제일 좋아하는 곡이에요.

- 난 그전엔 별 관심이 없었어.

- 정말요?

- 응. 딱히 음악을 찾아 듣지 않거든. 그건 그렇고 오소리, 이 번엔 어떻게 생각해?

- 뭘요?

- 해외 유명 록밴드의 곡이 자신의 것이라고 주장하는 남자 말이야.

- 글쎄요. 서로 대화를 나눈 이 사본들을 보기 전에는 저도 미친 사람 이야긴 줄 알았어요.

- 그거 말고. 곡을 돌려받는다면 그가 행복해질까? 이제 다시는 그런 곡을 쓸 수 없는데.

*

나는 의뢰인에게 이끼가 되는 것이 평생의 꿈이었던 남자의 이야기를 들려주었다. 요즘은 이끼가 되는 것이 전혀 인기가 없는 시대인데도 고작 자신의 꿈이라는 이유로 이끼가 되어버렸다고, 그래서 그의 가족들은 이끼가 된 그를 받아들이지 못하고 실종 신고를 했다고 말했다. 의뢰인은 복잡한 표정이었다.

- 그가 된 것은 고작 제 사무실 풍경의 일부랍니다. 제가 화분을 가져왔거든요.

나는 덧붙였다.

*

출근한 오소리가 우편물 더미를 내 자리에 놓고 갔다.

　- 많이 왔네요. 공과금이며 이것저것. 아, 엽서도 한 장 있었어요. 그리고…… 정말 너무하신 것 같아요.

　- 뭐가?

　- 민수 씨에게 병원을 추천한 거요.

　- 오소리, 난 늘 의뢰인을 믿어. 하지만 모든 진실이 반드시 그들을 행복하게 만드는 것은 아니잖아. 차라리 모두가 그것이 환상이었다고 말해주면 그는 이젠 아무것도 없는 자신의 삶을 받아들일 거야.

　- 그래도.

　- 그가 정말로 터무니없는 주장을 하는 정신병자였다면 나는 그를 입원시키지 않았을 거야. 하지만 그의 말이 진실이었기 때문에, 그럴 수밖에 없었어.

　의뢰인이 보낸 것이었다. 엽서 앞엔 그가 입원한 정신병원의 전경이 노을을 배경으로 프린트되어 있었다. 이런 몹쓸 엽서를 만드는 정신병원이라니.

　저는 잘 있습니다. 당신 말대로 그 모든 것이 내 것이 아니었다고 생각하니 조금 마음이 편해집니다. 의사는 제게 한시라도 빨리 이전의 삶에 대한 집착을 버리라고 합니다. 이전의 삶이라고 명명하지만 그가 제 얘기를 허구로 여긴다는 걸 알고 있어요. 마치 자신이 계란이라고 믿는 환자에게 식빵을 깔아 주는 것과 같은 치료법이겠죠. 저는 매일 병원 앞 공사 현장의 건물이 높아져가는 것을 지켜보고 있습니다. 아무래도 이끼가 되는 것보다는 낫겠죠. 아, 저번에 말씀하신 대로 그 시절에 쓴 곡 몇 개를 메일로 보냈습니다.

나는 그의 편지를 보관용 비닐에 넣어 오른쪽 서랍 세 번째 칸에 넣어두었다. 그리고 답장을 쓰기 시작했다.

모름지기 선물이라는 것은 주고 나면 잊는 것이 예의입니다. 이젠 꿈이라든가, 아름다운 시절이라든가, 정말 끔찍한 단어지만 자아실현이라든가, 여하튼 그런 것들은 전생의 기억이라 여기며 모쪼록 정진해주세요.

까지 쓰다가 나는 종이를 버리고 컴퓨터를 켰다. 메일에는 과연, 그가 보낸 곡들이 첨부되어 있었다. 나는 그 곡들을 재생했다. 음악을 잘 듣지 않는 내게도 퍼펙트 마그넷의 초기 앨범보다 낫다고 느껴졌다. 만약 이 앨범이 15년 전 한국에서 발매되었다면 어떤 반응이었을까.
― 민수 씨가 보낸 음악이에요?
오소리가 물었고, 나는 고개를 살짝 움직여 답했다.

*

그날 오후, 오소리가 선물한 전등갓을 사무실에 달아보았다.

이제 사무실에는 아무것도 자라지 않는 화분 하나와 베트남에서 온 전등갓과 그 안에 들어 있는 전구와 그에 따른 전선과 남쪽에서 파는 소주가 있게 되었다. 이러한 풍경에 고양이가 있으면 좋을 것 같다는 생각이 들었고 동시에 아, 탐정 사무소에 고양이라니 너무 클리셰인가, 라는 생각도 들었다. 그때 오소리가

— 그런데 이제 궁금해졌어요. 이 사무소는 왜 열게 된 거예요?

라고 물었고 그래, 그럼 다음 이야기는 사무소에 대한 이야기로군, 이라고 생각했다.

강변에서

오수연

1994년 『현대문학』으로 등단.
소설집 『빈집』, 연작소설 『부엌』 『황금지붕』
장편소설 『돌의 말』
르포집 『아부 알리, 죽지 마-이라크 전쟁의 기록』
팔레스타인 작가 산문선집 『팔레스타인의 눈물』 등이 있다.

"온다!"

동생은 아파트 베란다의 왼쪽 창문을 닫고 뛰었다. 김칫독 위로 팔 뻗어 오른쪽 창문도 닫는 순간, 베란다로 면한 작은방의 창문을 오빠가 방 안에서 닫았다. 바로 돌아 방에서 뛰어나가는 오빠의 뒷모습이 창의 유리를 통해 보였다. 동생은 발에 꿰인 플라스틱 슬리퍼를 뒷발질로 날려버리면서 마루로 뛰어들어 유리문을 등 뒤로 드르륵 닫았다. 탕, 탕, 오빠가 부엌 창문들을 닫는 소리가 났다.

남매는 마루 유리문에 나란히 붙어 서서 기다렸다. 그것은 왔다. 산천의 굴곡으로 인한 자연스러운 윤곽을 간직한 채 지도에서 쑥 빠져나와 푸른른 강물에 얹힌 고동색 지형, 물살에 앞머리가 한가히 들리는 떠다니는 섬, 서해 바다로 보내는 대지의 장문의 편지! 똥의 땅, 똥의 섬, 한강에 내지른 서울시의 설사!

인간에게는 보이지 않는 모든 틈으로 구린내가 침투해왔다. 남매는 숨을 참고 지켜보았다. 실내 온도와 함께 급상승하는 악취의 농도가 피부와 눈알로 느껴졌다. 강물 위의 그것은 당당하고 느긋하게 시야를 점령해갔다. 그리고 지나가도, 지나가도 끝이 나오지 않았다. 여의도 광장보다 넓었다. 중심부는 가장자리보다 말라서 고동색이 더 짙고 꾸득꾸득해 보였다. 여의도 광장에서 자전거를 빌려 타는 사람들이 전부 다 저 위로 옮겨와도 될 듯했다.

상류의 어딘가 오물처리장에서 비로 불어난 물에 똥을 몇십 톤씩 몰래 방류한다는 것이었다. 거기서는 비가 올 때 방류했을 테지만 여기에는 이렇게 맑은 하늘 아래 보란 듯이 당도하기도 하고, 반대로 여기는 비가 억수로 내려 이때다 싶은데 거기는 비가 안 왔는지 소식 없기도 했다. 주로 동트기 전, 어둠이 가장 짙은 시각에 그것이 지나가는 걸 보면 비하고는 관계없을지도 몰랐다. 아파트 주민들은 잠결에도 악취로 그것의 접근 속도와 규모를 감지하고, 그렇다고 일어나 창문을 닫지는 못한 채 그것이 지나가기를 기다릴 뿐이었다. 당할 만큼 당하면서 뒤척이는 수밖에 없었다. 가위에 눌리는 것과 비슷했다.

아버지 말씀으로는 어쩔 수 없는 일이었다. 경제를 발전시키려면 공장이 돌아가야 하고, 공장이 돌아가려면 서울로 사람들이 모여들어야 하며, 서울로 모여든 사람들은 먹은 만큼 싸기도 해야 했다. 동생은 국민소득 2천 불이 달성되리라는 대망의 80년대에 자기가 될 나이를 속으로 계산해보곤 했다. 그런

데 그 머잖은 미래의 제 모습을 떠올려보려면 캄캄해졌다. 아마도 상상을 초월할 만큼 멋지기 때문일 터였다.

오빠의 짧은 머리 밑에 촘촘히 맺힌 땀방울의 대열이 걷잡을 수 없이 무너져 귀밑으로 흘러내렸다. 숨을 참을수록 커지던 심장의 박동이 정수리에 다다르자 파아, 동생의 입이 열렸다. 이어서 자동적인 반대 숨결에 입과 콧구멍, 귓구멍으로까지 진하디 진한 냄새가 빨려 들어왔다. 혀에서 단맛마저 났다.

오빠는 침착하게 마루문 열고 나가 베란다 창문도 열었으나, 미처 다 못 열고 반쯤 열린 틈으로 고개 내밀어 파아, 마저 열어젖히며 길게 들이마셨다. 동생은 더러운 느낌에 입에 물고 있던 침을 자기도 모르게 삼켜버리고 부엌의 창문들을 열러 뛰어갔다. 탕, 탕, 탕. 좀 전에 잠시라도 늦게 창문들을 닫으면 큰일 날 것 같았듯이, 지금은 잠시라도 늦게 창문들을 열면 큰일 날 것 같았다.

갇혀 있던 공기보다는 덜 독한, 하지만 직접적으로 코에 와 닿자 생생하게 구린, 그래도 시원해서 좋은 공기가 아파트를 관통했다. 묶인 커튼이 낙하산처럼 부풀었다. 건들대는 스탠드 옷걸이에서 옷가지들이 우수수 져서 서로 얽어매면서 마루 끝까지 미끄러져갔다.

그것은 한강철교 아래 일정한 간격으로 서 있는 교각에 걸려 미적거리고 있었다. 철교로 화물 열차가 달려왔다. 입을 앙 다물고 숨 참는 기관사 아저씨가 이기느냐, 교각에 빗처럼 꽉 끼어 옆으로 벌어지면서 빗살을 늘려가는 그것이 이기느냐?

전속력으로 도망쳐오는 기차의 진동에 아파트 창문들이 각기 문틀을 부수고 튀어나올 듯 몸부림쳤다.

"스물일곱."

이사 와서 처음에는 상대방이 입을 뻐끔거렸는데, 한 달 지난 지금은 말소리를 알아들을 수 있었다. 이번 화물 열차의 화물칸은 27대였다.

"스물일곱."

남매는 미련 없이 돌아섰다. 이번 열차에는 석탄이 실려 있어서 화물칸의 숫자가 많지 않을 줄 애초에 알았다. 화물이 가벼워야 기관차에 연결된 화물칸이 늘어났다. 오빠가 세어본 최대치는 38대였다. 여동생은 텅텅 빈 화물칸으로만 42대까지 센 적이 있었다. 이것이 기록이나 불행히도 목격 당시 집 안에 증인을 해줄 다른 식구가 없었으므로 비공식 기록이었다.

전철은 기차보다 두 배 이상 박자가 빨랐다. 아파트에서 기찻길까지 걸어서 10분 정도의 거리와 그 사이 여러 상점의 존재가 믿기지 않을 만큼 그 소리는 크고 날카로웠다. 전철이 후딱후딱 모조리 걷어치우며 가버린 것 같기도 했다. 베란다에서 내다보면 방금 아파트를 뒤흔들고 간 전철이 한강철교에 나타났다. 상점들을 들이받느라고 생긴 상처 따위 없이 시치미 뚝 뗀 자태였다.

한강철교 옆의 제1한강교는 6·25 때 폭파되었던 '한강인도교', 교과서에 망가진 성냥개비 공작품 같은 사진이 실려 있는 바로 그 다리라고 했다. 예고도 없이 다리가 끊겨 그 위를 꽉 메웠던 피난 차량들이 강물로 풍덩, 뒤차들은 드디어 길이 트여 앞차들이 앞으로 간 줄 알고 따라가서 풍덩, 그 뒤차들도 따라가서…….

"나는 빨갱이들로부터 나라를 지켰습니다."

혼자서 모든 책임을 지고 다리를 폭파한 국군 대령이 사형당하기 직전에 했다는 말을, 어머니는 마치 어린 시절의 자신이 한 것처럼 읊었다. 파란만장했던 자신의 유년을 회상할 때 어머니가 짓는 해맑고도 비장한 표정은 착하지만 불행한 사람들 얘기를 할 때도 공용이었다. 그리고 어머니는 어른으로 돌아와서 눈 밑을 훔쳤다.

"애국자야, 애국자. 그 사람 가족들은 어찌 됐는지!"

피난민들이 폭파된 다리의 잔해에나마 매달려서 건너려던 한강을 이제 전철은 밤에도 불을 환히 밝히고 날아갔다. 저쪽의 누군가 받으라고 이쪽에서 부드럽게 던진 야광주 목걸이 같았다.

한밤의 통행금지 시간에도 다리의 조명은 꺼지지 않았다. 검은 강에 비친 불빛은 물살에 부서져 응원 수술처럼 흔들렸다. 경제 발전을 위해 밤 12시까지 일한 사람들과 새벽 4시부터 일할 사람들을 밤새 응원했다.

한강다리가 비스듬히 내려다보이는 강변에 남매가 사는 '시영' 아파트와 '시민' 아파트가 길게 늘어서 있었다. 시영의 아이들에게 시민과의 경계인 철망 울타리는 중요했다. 둘 다 나라에서 서민들을 위해 지어줬다지만, 시영의 최초 입주자들은 그냥 서민이었고 시민의 경우는 철거민이었노라고 했다. 서민과 철거민은 엄연히 달랐다. 그 단적인 증거는 포장마차 장사용 리어카들이 시영 쪽보다 시민 쪽에 훨씬 더 많다는 점이었다.

실은 또 하나의 아파트가 있으니 '시범' 아파트였다. 시범아파트는 일반 건축업자가 지어 분양한 것이었다. 따라서 주민들 또한 서민 아닌 일반인이었다. 시범이라는 이름의 첫 글자 '시'도 시영, 시민의 첫 글자와 한글로만 똑같지, 아파트 입구 동판에 새겨진 한자는 다른 글자였다. 그 동판은 벽돌 기둥에 적당한 깊이로 박혀 은은히 빛났으며, 기둥 안쪽 한적한 주차장에 승용차도 한두 대 보였다.

주말 오후마다 남매는 강가로 내려갔다. 먼저 왕복 8차선 강변도로를 건너야 했다. 자동차 전용 도로라 신호등도 건널목도 당연히 없었다. 오빠가 육상 선수의 출발 자세로 좌우를 살피다 오른손을 앞으로 채면서 뛰어갔다. 핑음을 울리며 달려오는 차와 차 사이를 동생은 핼쑥해지는 제 뺨을 느끼며 오빠를 따라 뛰었다. 차에 치었다 하면 뼈도 못 추림은 물론, 땡전 한 푼 보상받기는커녕 오히려 보상을 해줘야 한다고 협박하는 어른들에게는 비밀이었다.

건너편에 다다라 철사를 넘어 숨 돌린 다음, 발이 폭폭 빠지는 모래언덕을 풀줄기 잡고 풀뿌리를 디디며 내려갔다. 모래밭은 강물에 가까워질수록 습기로 점점 더 거무스레해졌다. 돌아보면 어느새 이리 멀리 왔나 싶게 아파트 단지가 아주 작게 보였다. 돌아갈 때 8차선 도로를 어떻게 다시 건너나 하는 걱정도 둔해졌다.

방음 장치를 해놓은 듯 고요했다. 포장마차 리어카들 틈에서 서로 부딪쳐가며 놀고 있을 아파트 아이들이 가엾게 여겨졌다. 한편으로는 아무리 강변도로라지만 건너려면 못 건널 것도 없음을 아이들이 깨닫고 이 신천지로 몰려올까 봐 걱정되기도 했다.

물수제비뜨기가 진력나면 남매는 빛바랜 나뭇가지를 주워들고 쓰레기를 쑤석거리며 다녔다. 강물도 바닷물처럼 밀물과 썰물이 있어, 밤새 불어났다 빠져나가면서 물가에 그물 모양으로 온갖 것들을 남겼다. 물에 오래 씻겨 죄다 말랑고 맥없고, 잘 부스러졌다.

"육이오 때 참모총장이 다리를 폭파하라는 명령을 내렸어. 대령이 별 수 있나? 폭파 단추를 눌러야지. 군대에서는 까라면 까는 거야."

오빠는 나뭇가지로 한강다리를 가리키며 냉소적으로 말했다. 동생이 보기에 오빠는 중학생이 된 이후로 약간 불량해졌다. 다른 사람이 그랬다면 몰라도 오빠이므로, 동생은 덩달아 옆구리에 한손을 척 얹어 보였다.

반쯤 백골이 된 고양이 시체를 남매는 나뭇가지 끝을 모아 물로 밀어 넣었다. 고양이 시체는 천천히 떠내려가다 가라앉았다. 인간의 해골들이 좍 깔렸다는 강바닥으로.

어떤 기미를 둘이 거의 동시에 느꼈다. 남매는 나뭇가지를 던져버리고 장난감 같은 차들이 오가는 강변도로를 향해 뛰었다. 기미는 방귀 냄새로, 생똥 냄새로 또 독가스 같은 구린내로 순식간에 바뀌어갔다. 그것이 오고 있었다. 남매는 모래밭에서 허우적거렸다. 숨은 적게 들이마시면서 뛰기는 빨리 뛰려는 불가능한 노력을 하는 중이었다. 그러나 걱정은 하지 않았다.

그것은 아무리 늦장을 부려도 결국 흘러가고야 말 것이다. 하류로 내려가서 서해 바다로 빠져나가 버릴 것이다. 한강다리의 교각에 몇 층으로 뚜렷이 그어져 있는 그것의 자취도 언젠가는 말끔히 지워질 것이다. 늘 이렇지는 않을 것이다. 모든 것이 달라질 것이다. 그것을 구경조차 할 수 없는 날이 올 것이다. 그때 그들은 그런 것을 본 적이 있다고 말할 것이다.

민
초
民
草

이 시 백

1988년 『동양문학』으로 등단.
소설집 『갈보 콩』 『890만 번 주사위 던지기』
『누가 말을 죽였을까』 『벌레들』(공저) 『웅달 너구리』
장편소설 『나는 꽃 도둑이다』 『사자클럽 잔혹사』
『종을 훔치다』 등이 있다.

울바자 밑에 심은 작두콩 꼬투리가 실긋하니 배틀어질 때부터 시작된 장맛비가 달포를 넘기도록 그을 기색을 보이지 않는다. 비 핑계로 구들장만 베고 있다 보니 밭에는 키 가웃이 넘게 자란 명줏대며 바랭이가 콩을 심었는지 팥을 심었는지 모를 지경으로 욱은 지 오래였다. 아침부터 숙부와 툇마루에 앉아 추녀 끝을 적시는 빗줄기만 하릴없이 바라보던 아버지가 엉겁결에 잠깐 손바닥만 한 볕이 내비치기 무섭게 잔소리를 들붓기 시작했다.

　"호랭이가 새끼를 쳐두 모르것다. 약 한번 치믄 말끔헐 것을……."

　번연히 장마 밑이라는 걸 알면서도 남의 일처럼 말하는 게 밉상스러워 재범은 들은 척도 않고, 아까부터 마루 밑에서 발바닥을 핥아대는 강아지만 일삼아 놀려댔다.

"냅둬유. 유기농 허려나 부쥬."

지어봐야 고추 몇 자루 거두면 다행일 밭에 품값은 지닌 몸뚱이로 욱대긴다 해도, 십 원 한 장 깎아주는 법 없이 꼬박꼬박 현찰로 바꾸는 비료며, 제초제 값을 따로 들일 여유가 없었다. 남의 속도 모르고 풀 약(제초제)을 치지 않는다고 성화를 부리는 아버지나, 팔자에 없는 유기농까지 들이대며 비틀어대는 숙부의 등쌀에 부아가 치밀어 재범은 기어코 한 마디 내뱉지 않을 수가 없었다.

"아, 약은 누가 거저 준 대유?"

그 말에는 두 사람이 미리 입이라도 맞춘 듯이 잠잠해진다. 재범은 돈 이야기가 나오자 침 맞은 지네처럼 일시에 조용해지는 장면에 풀썩 웃음이 나오고 말았다. 돈 무서워하기는 남녀가 따로 없고, 노소에 구분이 없었다.

학교 다녀오기 무섭게 컴퓨터에 들러붙는 아이에게 울대를 높이며 야단을 쳐도 요지부동이던 것을 제 어미가 용돈을 깎는다는 말에 슬그머니 물러나는 걸 보면 과연 돈이란 것이 호랑이보다 무서운 시절이었다.

그나저나 오늘도 숙부는 돌아갈 기색이 전혀 없다. 알기는 칠월 귀뚜라미라고, 벌써 며칠째 눌러앉아 오만가지 참견에 잔소리만 늘어놓던 숙부는 아예 추석을 쇠고 갈 요량인가 보다. 그나마 밥벌이로 삼던 아파트 경비원 노릇을 정년에 몰려 그만둔 뒤로 남는 게 시간이요, 빈 게 주머니라고 심심하면 내려와 며칠씩 묵어가곤 했다. 그냥 빈손으로 와도 좋으련만 큼지막한 배낭에 음료수 두어 통 담아 넣고 와서는, 돌아갈 때면 그 큰 배낭에 무엇이든 그득하니 채워 가곤 했다. 이른 봄에는 밥에 넣어 먹을 요량으로 화초 삼아 밭두렁에 심은 강낭콩을 말끔히 훑어 가고, 옥수수가 매달릴 무렵에는 이 고운 것으로만 골라 담아 가더니, 장마에 거둘 것이 끊기고 나서는 참외 그루에 심은 열무를 쇠불알 핥듯이 말끔히 훑어 갔다.

남도 아닌 집안네끼리 그깟 푸성귀 나눠 먹는 거야 그다지 아까울 게 없지만, 여름내 땀에 절어 지내는 농사꾼 처지를 생각한다면, 온종일 집안에 앉아 있기 심심해서라도 감자 터울에 돋은 풀포기를 잡는 시늉이라도 해볼 터였다. 문지방이 닳게 드나들어도 툇마루에 다리를 괴고 앉아서 좌포청 우포청만 찾을 뿐, 장난삼아 호미 자루 한번 손에 쥐는 법이 없었다.

도둑보다 무서운 게 여름 손님이라는데 무시로 들이닥쳐 며칠씩 묵어가는 시어른 치다꺼리에 아내는 벌써부터 입을 닷 발이나 빼물고, 애꿎은 재범에게 어찌해보라고 손가락으로 옆구리를 쑤셔대며 성화였다. 그래도 서울특별시민이라고 입은 어찌나 짧고 까다로운지, 고등어는 비리다고 젓가락도 대지 않고, 열무김치는 풋내 난다고 물리치기 일쑤요, 아침에 차려놓은 반찬이 점심상에만 올라와도 단박에 미간을 째푸리고 젓가락으로 허공을 집으며 헛기침을 해댔다. 엎어지면 마트요, 자정을 넘겨서도 전화 한 통이면 피자에 통닭이 날아오는 도시도 아닌, 촌에서 어찌 삼시 세끼를 갈아가며 찬거리를 댈 수 있겠는가. 마누라는 팔자에 없는 된 시집살이를 곱으로 산다며 재범을 볼 때마다 생철 긁는 소리를 내며 앙살을 떨었다.

"그나저나 숙모님 편찮으시다던디 혼자 기서서……."

"내 있어봐야 빨래거리나 휘정거려놓지, 뭐. 푹 쉬라구 휴가를 준 심여."

혹 떼려다 혹 붙이는 격이다 싶어 재범은 잇긋도 않고 연탄광 문설주에 비스듬히 질러놓은 낫을 집어 들고 마당 가장이의 채마밭으로 내려선다.

"애벌루는 어림두 읎것다. 호미루 뿌리럴 오달지게 뽑아내야지."

재범은 들은 척도 않고 무릎까지 웃자란 풀들을 건성건성 낫으로 쳐냈다.

"사람이건 풀이건 이로운 건 길러두 안 되구, 읎어져야 할 것덜은 저리들 극성이여."

숙부는 눈뜨기 무섭게 틀어놓은 텔레비전에서 나오는 자동차 노동자들의 시위 장면을 가리키며 볼멘소리를 늘어놓는다.

"저이들은 워째 저러는겨?"

"이유가 워딧슈? 사사건건 나랏일이래믄 일단 반대버텀 허는 것들인디. 저거들이 죄 종북 빨갱이 아뉴."

평소 같으면 그러거나 말거나 한 귀로 흘려들을 일이지만 이래저래 심기가 편치 않았던 재범이 말꼬리를 채잡아 한마디 내어놓는다.

"저이덜이 워째 빨갱이유? 맥없이 쫓겨났으니 작은아버지

래믄 가만히 있것석유?"

아파트 경비 자리에서 밀려난 숙부의 염장을 재범은 넌지시 질러보았다.

"아, 일 허기 싫어허믄서 돈이나 내놓으라구 길바닥에 자빠져 데모나 허는 것덜이 빨갱이가 아니믄?"

"참, 작은아버지두. 누가 일 허기 싫대유? 일 허게 해달라구 저러는 거쥬?"

"저것덜 아니래두 일 시켜 달라구 나래비 서 있는 것덜이 수두룩헌 판에, 그저 배지에서 쪽 소리가 나게 굶겨야 정신을 채릴겨."

한마디 덧붙이려던 재범은 공연히 날 더운데 열만 내어봐야 객쩍게 땀만 흘리고 몸만 축낼 판이라 이내 입을 다물고 말았다.

"내두 여그 내려와 세나 놓구 살까 부네."

가까운 세종시에 전셋집이 없어 야단이라는 뉴스에 숙부가 내어놓은 말이다. 서울에 사는 셋집이 전세금을 삼천만 원이나 올려달라는 통에 못 살겠다고 아우성치더니, 거꾸로 세를 놓고 살겠다니.

"여, 아파트 값이 얼만지나 아셔유?"

"촌에서 해봐야 을매나 헐려구."

새우잠에 용꿈 꾼다고 집도 없는 처지에 셋집 노름이 가당키나 한가.

"공무원들이 서울 살던 집은 고스란히 놓아두고, 임시루 세를 얻어 사느라 저 야단이래니께."

"아, 직장이 바뀌믄 아예 여그 눌러앉어야지, 임시는 또 뭐여?"

발등에 지근덕거리며 들러붙는 파리를 들고 있던 효자손으로 후려갈기던 아버지가 지나가는 말처럼 한마디 퉁겨주었다.

"아, 대통령 바뀌면 세종시구 행복도시구 은제 워뜨게 될지 모르니께 갯바닥에 가재미츠럼 납작 엎드려 눈치만 살피는 거 아니것슈."

"엎어치긴 쉬워두 뒤채긴 어려운 뱁여."

"읇는 나라에서 수도 하나 끌구 가기두 가랭이가 찢어질 판에 둘이나 두는 것이 당키나 허유?"

어른들이 주고받는 말이니 가만히 듣고만 있으려던 재범은 고향을 하염없이 깎아내리는 숙부의 말투에 비위가 상해 한마디 얹지 않을 수가 없었다. 아무리 떠난 지 오래되었더라도 태를 묻은 고향 아닌가.

"기러니께 작은아버지는 수도 서울 지키믄서 기냥 편히 사셔유. 여그 걱정은 그만허시구."

눈에 뵈지도 않고 앙앙거리며 뜯어대는 모기 등쌀에 밭에서 쫓겨나온 재범은 땀이 질컥거리는 장화를 벗으며 볼멘소리를 내어놓았다.

"여그두 워쨌든 옛날보담 발전된 건 사실여. 비만 오믄 발이 푹푹 잼기던 질논에 아파트덜이 산츠럼 들어설 줄 누가 알았

것어."

"발전이 그냥 되었것슈. 그래두 이만큼 된 게 다 그이 덕이유."

"누구? 뇌물현이?"

"뇌물인지, 네물인지는 지나보믄 알 것이구유. 거시기 당이 딴죽 걸어 왼갖 방해를 혀두 그이가 뚝심지게 밀어부쳐 거시기 된 거 아녀유."

"아, 그이가 충청도 사람덜을 퍽으나 애껴서 그렀것다. 다 표가 되구 살이 되니께 찌개백반으루 몰아친 거이지."

"그라믄 딴죽 건 것들은 뭔 영양가가 있는 밥이라구 거그다 표를 몰아준대유?"

그 말에는 입바른 숙부도 딱히 둘러댈 말이 없는지 빈 입만 쩍쩍 다시다 가는 늙은 중이 염불하듯이 입속으로 우물거린다.

"아무래두 여그는 옥천에 육녀사가 기시구, 제이피가 안즉 건재허니께……."

"건재혀서 휠체어 타구 댕긴대유? 그러니께 영원한 쇼당 패소릴 듣는 거유."

"쇼당 패구 뭐이구 꿩 잡는 게 매여. 인권이구 민주구 간에 민초들이야 등 따습구 배부르면 되는 거여."

"민초유? 냉면에 치는 식초는 아니구, 민초유?"

재범은 숙부의 입에서 나온 민초라는 말이 새삼스러워 벌어진 입이 차마 닫히지가 않았다.

둘러댈 말이 궁한지 숙부는 마침 텔레비전에서 흘러나오는 뉴스에 서둘러 말머리를 돌린다.

"저, 참, 큰일이네."

언제 바뀌었는지 텔레비전에서는 이제 특허권 소송에서 애플이 삼성을 이겼다는 뉴스를 속보 자막까지 넣어가며 비쳐대고 있었다.

"몸두 안 좋다든디, 저 으른두 걱정이네."

사돈네 시루 밑 빠진 소리도 유만부득이지. 재범은 기가 막혀 풀썩 웃음을 내어놓고 말았다.

"걱정두 팔자시유. 작은아버지는 전세금 올릴 걱정이나 허셔유. 위째서 작은아버지가 이건희 걱정꺼지 챙겨주신대유?"

"모르는 소리럴 허덜 말어. 삼성이 무너지믄 나라가 망혀. 삼성이 벌어들이는 돈이 얼매구, 그 밑에서 붙어먹구 사는 입덜이 을맨 줄이나 알어?"

"그랴서 그이가 제 배 주려가며 밑에 사람덜 멕여 살린대유?"

"아서라, 돈 안 드는 말이래구 막 허는 법 아니다."

곁에서 듣고 있던 아버지가 중간에서 입장이 난처한지, 헛기침을 하며 넌지시 추곡 수매가 이야기를 내어놓는다.

"그나저나 추곡 수매가럴 동결헌다니 걱정이여."

"요즘 워디 추곡이구 농사구 신경이나 쓰남유? 뭐니 뭐니 해두 농민 생각혀준 건 박정희 그 양반밖에 읎었슈, 안 그류, 성님."

"작은아버지두 참, 솔직헌 말루 그이가 모내기헐 때 잠깐 논에 들어가 발목쟁이 적신 거 말구 뭐가 더 있슈? 동니 느티나무에 마이꾸 매달구 새벽잠 깨워준 걱정유?"

"워쩨 너는 사사건건 불만이냐. 말 많구 불만 많은 건 공산당뱆에 웂어."

"작은아버지는 일 년 내내 책 한 권 안 읽으믄서 워찌 그리 아시는 게 많대유."

"책으루만 안대? 테레비두 들이다보구 신문두 읽구 허는 거지."

"그깟 종북 방송유?"

"종북 방송?"

"종일토록 북한 이야그만 늘어놓으니 종북 방송이잖유."

온종일 북한의 누가 기관총에 맞아 죽었다느니, 누가 포르노 배우 노릇을 했다느니 하는 이야기만 주절거리는 종편 방송을 들여다보는 게 밉상스러워 한마디 비틀어주었지만, 숙부는 먼 산만 바라보며 딴전을 부린다.

"그나저나 여름두 벌써 종점인가 부네. 찬바람 불기두 전에 풀덜이 저리 자빠져 눕는 걸 보니."

그러고 보니 바람 한 오라기 불 기미도 없는데, 여름내 기승을 부리고 욱던 풀들이 한결 구순해 보인다. 초록 구렁이처럼 밭 주변을 뒤덮던 칡덩굴이며 망초대도 눈에 띄게 풀이 죽어 어깨를 늘어뜨리고 엎드려 있다.

재범은 언젠가 읽었던 시 한 도막이 생각나 베다 말고 두고 온 풀들을 멀거니 바라보았다.

풀이 눕는다.

바람보다도 더 빨리 눕는다.

바람보다도 더 빨리 울고

바람보다도 먼저 일어난다

(김수영, 「풀」)

"민초 좋아허시네."

여전히 개갈 안 나는 소리만 늘어놓고 있는 숙부를 바라보던 재범은 풀이 바람보다 더 빨리 눕는지는 몰라도, 바람보다 먼저 일어난다는 말은 영 터무니없는 것이라고 입속으로 구시렁거려본다. 잠시 멎었던 비가 다시 오려는지 멀리서 시커먼 구름이 밀려왔다. 비를 머금은 바람이 선득하니 불어오자 툇마루에 앉아 온 나라 안팎의 살림들을 도맡아 요리하던 숙부와 아버지도 슬그머니 자리에서 몸을 일으켰다

탕 속의 여인들

이연희

2009년 《경인일보》 신춘문예로 등단.

등화관제의 밤. 민방위 본부의 공습경보 사이렌이 울리면 엄마는 안방의 커튼을 치고 아버지는 전등을 껐다. 우리는 담요를 뒤집어쓴 텔레비전 앞에 옹기종기 모여, 한껏 볼륨을 줄인 텔레비전을 보며 키득거렸다. 불빛이 새어 나온 집의 문을 두드리며 당장 불 끄라고 고함치는 소리 사이로 호루라기 소리가 간간이 날카롭게 들려왔다. 경계경보 사이렌이 울리자 아버지가 텔레비전 소리를 조금 크게 했다.

경계경보 해제 사이렌이 울리면 어른들의 잔소리를 뒤로하고 성곽 아래에서 술래잡기를 했다. 달빛 아래로 아이들의 까르르하는 웃음소리가 활기찼다. 멀리서 등대 불빛처럼 돌아가는 불빛이 골목 어귀를 비쳤다.

할머니는 한 달에 한두 번쯤 집에 왔는데 아버지의 생일이면 늘 찹쌀모찌를 만들어 왔다. 하얀 녹말가루를 묻힌 찹쌀모찌는 달콤하고 말캉했다. 하룻밤만 지나면 딱딱해져서 엄마는 냉동실에 넣어두고 때마다 새로 쪄주었다. 집으로 올 때마다 할머니의 머리에는 늘 광주리나 보따리가 들려 있었다. 그것은 마치 보물 보따리 같았다. 어떤 때는 밤이나 대추가 콕콕 박힌 약식, 늙은 호박을 넣어 찐 시루떡, 수수 보리쌀이기도 했고, 때로는 딱딱한 강냉이나 잘 말린 누룽지가 들어 있었다. 계절이 바뀔 때마다 할머니의 요술 보따리는 시시각각 변했다.

할머니는 머리에 인 것을 내려놓으며 입술로 물고 있던 똬리의 긴 끈을 퉤하고 뱉었다. 기골이 큼직해서 영락없이 사내같아 보이던 할머니가 가쁜 숨을 가다듬기 위해 큰 숨을 들이마시면 옥빛 저고리가 들썩였다.

딸만 내리 셋을 낳은 엄마는 둘째인 나에게 유독 바지를 입혔다. 같은 옷을 사 와도 언니나 동생은 분홍이나 노란색 옷을 입히고 나는 파란색이나 하늘색 옷을 입혔다. 가끔 동네 아주머니들과 평화시장에서 옷을 사 올 때면 나는 으레 파랑이나 하늘색 옷을 내 것이 당연한 듯 집어 들었다.

우리는 일주일에 한 번 동네 목욕탕에 갔다. 유니나 샴푸, 다이알 비누, 초록색 때타올이 들어 있는 목욕 바구니는 늘 바싹 말라 있었다. 남탕과 여탕으로 갈린 입구에서 아버지는 늘 못내 아쉬운 듯 발걸음이 더뎌졌다.

아버지는 다 끝나면 동네 어귀에 있던 이발소에서 기다리겠다고 늘 같은 말을 했다.

목욕탕에 가서의 유일한 기쁨은 온몸이 새빨개지도록 때를 밀려 고달팠어도 바나나우유를 하나씩 입에 달고 나올 수 있다는 것이다. 달달하고 샛노란 바나나우유의 유혹은 등짝에 엄마의 손자국을 남겨도 그 무엇과도 바꿀 수 없는 기쁨이었다. 할머니와는 달리 비쩍 마른 엄마는 어디서 그런 힘이 나오는지 몰라도 우리 셋의 몸을 다 밀고도 처음 보는 아주머니 등짝을 밀어주고 자기 몸을 거뜬하게 미는 특수한 재주가 있었다. 우리가 입었던 속옷을 박박 문질러 빨면 마침내 지루한 목욕의 대장정이 끝났다. 그 사이 엄마가 지치는 것을 본 적이 없다.

일요일 밤이면 엄마 아버지 이불 속에 쏙 들어가 졸린 눈을 비비적대며 명화극장을 보다가 잠들었다. 엄마는 일찍 자야 키가 큰다며 눈을 흘깃하며 잔소리를 했지만 아버지는 괜찮다며 내 짧은 커트 머리를 쓰다듬었다. 가끔 킹콩이나 죠스가 꿈에 나타나 쫓기는 꿈을 꿨다. 소리를 지르다 선잠에서 깨면 엄마는 내가 크느라 그런 거라며 어깨를 토닥였다. 그런 때면 나는 또 까무룩 잠들었다.

월요일 아침이면 늘 나는 학교에 가기 싫다고 떼를 썼다. 위아래로 이 년 터울인 언니와 동생은 이미 학교에 가고 나는 마당에서 엄마와 전쟁 같은 하루를 시작했다. 엄마는 빗자루나 파리채를 들고 나를 내쫓았는데 나는 대문 모서리를 잡고 서럽게 울었다. 때로는 마당 수도꼭지에 달려 있던 호스를 뽑아

바닥에 내리치며 너 다시는 명화극장 못 볼 줄 알아, 했다. 나는 마지못해 학교에 갔다.

학교 다니면서 가장 즐거운 시간은 방학이었다. 여름 방학에는 수박이며 참외를 들고 가까운 계곡에 가서 발을 담그고, 겨울 방학이면 다락에 올려놓은 사과 궤짝에서 사과를 하나씩 가져와 도르르 굴려 멍이 들게 했다. 멍이 든 사과는 훨씬 더 달콤했다. 다락은 할머니의 보따리만큼이나 보물창고였다. 가끔 쥐들이 튀어나와서 우리를 놀라게 했지만 그 속에서 원기소가 굴러 나오거나 과자종합선물세트가 기다리고 있었다.

새 학기가 시작되어 가정환경조사서를 내고 얼마 후였을까. 교감이 교실 안에 들어오자 담임이 아이들에게 자습을 지시하고 나를 교탁 앞으로 불렀다. 교감은 빳빳이 다려 입은 와이셔츠의 단추를 하나 풀며 어머니 보고 학교에 오시라고 해라, 네가 사내애였으면 네 고추를 따 먹었을 거다, 하며 못내 귀여워 죽겠다는 듯 내 볼을 꼬집었다.

다음 날 엄마는 검정 줄무늬의 똥색 블라우스에 검은 정장 바지를 입고 학교에 왔다. 엄마가 원피스를 입고 오면 좋겠다고 생각했던 나는 내내 뿌로통해서 괜스레 나무 복도의 바닥을 실내화로 콕콕 찍었다. 왁스를 칠한 마룻바닥은 반짝반짝 윤이 났다. 교감실에서 나온 엄마는 담임선생에게 연신 고개를 조아렸다. 담임은 나를 살짝 흘겨보고는 엄마에게 목례했다.

그 밤 엄마는 아빠와 조금 다퉜던가.

애 체면 살려주지. 그깟 육성회장 하면 되지. 돈이 얼마나 든다고. 엄마는 그거 무시 못한다고 우리 형편에 말도 안 된다, 고 했다.

사단은 가정환경조사서였다. 집에 냉장고가 있는지 텔레비전은 있는지 그것이 흑백인지 컬러텔레비전인지 등 거수로 가정환경조사를 마친 후 아버지의 직업을 말하는 시간 나는 '오비맥주 상무'라고 했다. 상무는 상무인데 본사와 대리점을 구분하지 못했던 나의 깜찍한 착각에서 비롯된 해프닝이었다.

일주일 중 유일하게 늦잠이 허락되는 일요일 아침이면 온 가족이 둘러앉아 늦은 아침을 먹고 텔레비전에서 방영하는 만화를 봤다. 들장미소녀 캔디. 보는 내내 우리 세 자매는 각자 좋아하는 남자주인공이 더 멋있다며 다퉜다. 언니는 반항아 테리우스를 동생은 왕자님 같은 안소니를 나는 알버트 아저씨를 좋아했다. 우리가 각자의 왕자님을 응원하며 다투는 동안 엄마는 과일을 깎아 우리 입에 하나씩 쏙 넣어주고 아버지는 연필깎이를 놔두고 굳이 우리 셋의 연필을 손으로 깎아주었다. 필통 안은 아버지 덕분에 늘 깨끗했다.

여느 때와 같은 일요일 아침이었다. 눈을 뜨니 어쩐 일인지 할머니가 집에 와 계셨다. 할머니의 요술 보따리 같은 건 없었다. 늦은 아침을 먹는 동안 할머니는 마당에 핀 넝쿨장미를 바라보며 푸우푸우 숨을 몰아쉬었다. 엄마는 목욕 바구니를 들고 나와 목욕이나 가자고 했다. 눈치가 십 원어치도 없던 나는 캔디 봐야 해, 했다. 언니가 내 팔뚝을 꼬집었다. 텔레비전에서는 외로워도 슬퍼도 나는 안 울어 참고 참고 또 참지 울긴 왜 울어, 하는 캔디의 주제가가 나왔다. 눈물이 찔끔 흘렀다.

탕 안은 이미 여자들로 만원이었다. 수증기가 가득한 탕 안에는 때를 밀거나 빨래를 하다가 주인과 다투는 여자들로 소란스러웠고 아이들은 그 속에서 뛰어다녔다. 엄마가 할머니 등을 밀어주고 잠시 화장실에 간 사이 우리 세 자매는 탕 속에서 몸을 불렸다. 뜨거운 물이 갑갑했던 나는 재빨리 탕 밖으로 뛰어나왔다. 그때였다. 젊은 여자 하나가 할머니를 흘낏 보며 일행으로 보이는 여자에게 말했다. 어휴 젖꼭지도 짝짝이면서 어딜 목욕탕엘 와. 어머 정말 젖꼭지 하나가 없네. 가슴은 또 왜 저리 커. 여자들은 뭐가 그리 재미있는지 서로 눈짓을 주고받으며 낄낄대고 웃었다. 목욕을 다 마쳤는지 여자들이 일어섰다. 여자들의 몸에서 머리카락에서 물이 뚝뚝 떨어졌다. 곧 여자들은 밖으로 나갔다. 할머니는 말없이 고무바가지를 들어 몸에 물을 끼얹었다. 할머니의 가슴이 출렁였다. 괜스레 기분이 이상하고 속이 울렁거렸다.

그 밤 아버지는 할머니와 우리에게 안방을 내주고 우리 방에 가서 잤다. 명화극장을 보고 싶었지만 일찍 잠자리에 들었다. 너무 일찍 잠을 잔 탓일까. 나도 모르게 눈이 떠졌다. 어둠 속에서 할머니와 엄마가 낮은 소리로 두런두런 얘기하는 소리가 들렸다.

"큰애가 나 모르게 집을 내놨다지 뭐니."

"어떻게 새언니가 그럴 수가 있어요. 어떻게 알았어요?"

"절에 며칠 다녀왔더니 옆집 똘이 아범이 집 내놨냐고 묻더라구."

"대체 왜 그랬대요?"

"서울 가서 살고 싶어서 그랬다는구나."

"그 집이 어떤 집인데 어떻게 엄마 모르게 그럴 수가 있어. 큰오빠는 뭐래요?"

"서울 가서 못 살면 축사라도 짓게 땅을 달라고 해. 젖소 사서 우유 내다 판다고. 우유공장하고 다 얘기가 됐다고."

할머니가 깊은 숨을 들이마셨다.

"어쩌실 거예요?"

"다 준다고 했어. 내가 나오겠다고."

"엄마가 대체 왜. 할아버지가 그 집 지킬 사람은 엄마밖에 없다고 엄마랑 나이가 같은 집이라고 엄마 보고 꼭 지키라고 했던 집인데 어떻게."

엄마의 목소리에 물기가 묻어났다.

"집을 지키려면 내가 나오는 수밖에 없어. 똘이 아범이 리어카 빌려서 도와주기로 했으니 걱정 안 해도 된다."

"애들 아빠가 엄마랑 같이 살아도 된대요."

"그런 말 말어. 거기가 내가 묻힐 곳인데 내가 어딜 가냐. 어차피 알게 될 일이니 얘기했지 안 그럼 말 안 했을 거여."

커튼 사이로 손바닥만 한 빛이 들고 멀리서 이웃집 닭 우는 소리가 들렸다.

여름 방학이 시작되자 엄마는 마침 서울에 볼일이 있던 똘이 아저씨 편으로 나와 언니를 할머니에게 보냈다. 막내는 볼거리를 앓느라 안 그래도 더운데 열이 펄펄 끓었다.

할머니의 기와집은 온 데 간 데 없었다. 직사각형의 작은 부엌이 달린 단칸방에서 할머니는 동그란 개다리소반에 바삭하게 구운 조기랑 기름을 발라 구워 윤기가 도는 김을 올려놓고 우리를 기다리고 있었다. 왜인지 모르겠지만 슬펐다. 할머니가 갓 지은 하얀 쌀밥에서 김이 모락모락 났다. 방학이 길어질 것만 같다. 할머니가 고봉밥에서 뜬 쌀밥 위에 비릿한 조기 살을 떼어 숟가락 위에 올린다. 나는 크게 입을 벌린다. 할머니가 내 강아지, 하며 엉덩이를 두드린다. 매운 음식을 먹은 것처럼 목구멍이 뜨겁다.

달팽이가 올 때까지

이 제하

1957년 『신태양』, 1961년 《한국일보》 신춘문예로 등단.
소설집 『초식』 『기차, 기선, 바다, 하늘』
『나그네는 길에서도 쉬지 않는다』
장편소설 『열망』 『소녀 유자』 『진눈깨비 결혼』
시집 『저 어둠 속 등빛들을 느끼듯이』
『빈 들판』 등이 있다.

그 기묘한 사내가 윗동네와 아랫동네 사이 고바우 길을 오르내리면서 이쪽 작업실을 어떻게 찾아냈는지 모르겠다. 내 우거(寓居)는 폐철 무더기 뒤쪽 둔덕에 숨다시피 하고 있는 것이다. 어쩌면 처음 그는 하루 이틀을 두고 몇 번이나 그 부근을 배회했던 것인지도 모른다. 개는 늑대부터 알아본다지 않는가. 차고를 개조한 작업실 밖 흙더미 사이에서 습득한 맹꽁이 의자에 멍 때리고 앉아 있던 참이었는데 그토록 쉬이 사내의 눈에 띄었을 리가 없다.

"선덕여왕을 어떻게 생각하십니껴?"

도리 없이 나는 그의 눈을 노려봤다. 인사를 땡기려는 것이려니 싶어도 이런 해괴한 수작은 또 처음이었다. 풍수(風水)가 어떠니 명당이 어떠니 하는 소리를 그동안 더러 들어왔지만 어쩌면 그런 일도 사실로 있는 게 아닐까 하는 쪽으로 요즘은 생각이 기울어져 있다. 이 동네는 음기나 가득찬 빌어먹을 엽기촌인 것이다. 대답 없이 노려본 참 몸을 돌려 작업실로 들어오자 나는 쾅 하고 문을 닫아버렸다.

서울 바닥에서 가장 물이 드센 곳은 이대 후문 쪽의 봉원동 일대다. 음기가 워낙 세서 사업하는 놈들은 부도 나기 일쑤고 그 밖에는 깡깡이 켜는 딴따라들이나 먹물들이 주로 산다. 그 다음으로 센 곳은 옛날 무당골이었던 평창동이고, 그렇게 따지자면 이 동네는 C급 지역쯤에 해당될는지도 모른다. 언젠가 지면(知面) 있는 외국인 신부 하나를 시내에서 우연히 마주쳤을 때, "조심하셔야 합네다. 제가 그곳의 물줄기를 잡아주었습네다."라는 소리를 들은 적도 있는 것이다. 이사 와 잔병치레를 몇 번인가 겪고 나자 아닌 게 아니라 반갑잖은 손님의 방문이 잦았다.

"선덕여왕님을 어떻게 생각하십니껴?"

두 번째로 찾아왔을 때 사내는 또 그렇게 말을 걸어왔다. 처음 왔던 그 사흘쯤 뒤였을 것이다.

"티브이 보지 않습니다."

차마 외면하지 못해 이런 대꾸를 하고 나는 다시 몸을 돌렸다. 뒤를 따라오는 눈치길래 다시 몸을 돌리고 "드라마 보지 않는다니까요."라고 내쏘았지만 그는 듣지 않았다.

기어이 따라붙더니 가구라곤 책상 하나와 책 몇 권이 전부인 실내를 그는 두리번거렸다.

"너무 쓸쓸해 보이네예."

그가 다시 내뱉은 소리는 이것이었다. 화장실과 작은 부엌을 빼고 정확히 열 평인 원룸 비슷한 곳이 미상불 그에겐 의아하기도 했을 것이다. 간신히 한 귀퉁이를 차지하고 있는 얼치기 침상을 그는 그나마 유일한 장식물로 여겼을지도 모른다.

"티비도 없습니껴?"

그다음에는 또 그렇게 물었던 것 같다.

"귀찮게 구네…… 이젠 나가요!"

소리치고 미심쩍어 나는 덧붙였다. "피 보기 전에."

의외에도 순순히 사내는 내 말을 따랐다.

그 역시 말수가 적은 성격인 것 같았다. 막연히 두리번거리면서 방 한쪽을 노려보듯 지키고 있다가 이내 밖으로 나간 것이다. 나는 미어져라 문을 닫고 잠갔다. 걸쇠가 철컥하는 소리를 그도 들었을 것이다.

은밀한 침묵에 채 도가 트이지 않은 인간에게 이런 익숙지 않은 참섭과 소동은 변고로 여겨질 만큼 견디기가 어려운 노릇이다. 내장 바닥에서 소용돌이치며 끓어오르는 상욕을 삼키려고 장자(莊子)를 대여섯 번이나 훑고 마음 공연을 찾아가고 그래도 여의치가 않아 나는 보아두었던 야산 언덕으로 올라가 가부좌까지 틀어보았다.

"티비를 때려 부숴버렸습니더!"

한 주일도 더 지났을 무렵인가 다시 나타난 그가 이쪽 옆댕이에다 대고 외치는 소리가 들렸다. 박살 난 티비가 바로 눈앞에 있기라도 한 듯 사내는 이번엔 골똘히 땅바닥을 내려다보며 때려 부수었다 소리를 되풀이했다. 흩어진 브라운관의 파편과 뒤엉킨 코일들과 부속품 알루미늄 조각이라도 응시하고 있다는 것일까. 그의 어조가 사뭇 의기양양한 뉘앙스마저 띠고 있다. 너무 황당한 수작이어서 그랬는지 우환 중에도 슬그머니 장난기 같은 것이 발동하고 있었다.

"다음에는 차를 때려 부시겠네?"

"두 댄데…… 사실 너무 번거로워서요."

우울한 듯이 그가 중얼거렸다.

그가 제 차 두 대를 정말 없앴는지 어쨌는지는 알 수가 없다. 그는 윗동네 인간이었고 나는 지하 생활자다. 그가 설사 벤츠 한 대를 따로 구입했다고 자랑삼더라도 사실 할 말이 없었을 것이다.

하릴없이 그렇게 사내와 나는 아는 사이가 되었다.

"사모님은 오데 계십니껴?"

일어나 끓여 먹고 다시 드러눕는 일상이 남의 일만은 아니라고 흐릿하게나마 감지를 했던 것일까. 여덟 번쨴가 방문했을 때 들어서는 길로 시비 걸듯이 그가 불쑥 그렇게 물어본 적이 있다. 이 무렵에는 제대로 안면을 텄다고나 할까, 피차 무연히 쓸데없는 객담마저 몇 마디씩 주고받는 일도 있었던 터여서 무심코 대답할 수밖에 없었다.

"버렸습니다."

노여운 듯 왜요? 라든가 허어! 하는 탄성이라도 나올 법했는데 그는 우두커니 선 채 뚫어질 듯이 이쪽을 바라보고만 있었다. 마흔이 가까워 보이는 나이에 어쩐지 눈이 부리부리해서 어딘가 따지기 좋아할 듯한 얼굴이었다. 상고머리에 스포티한 옷차림이 아니었으면 의외로 헤픈 얼굴이라는 걸 깨닫고 나도 방심하고 말았을 것이다.

"……."

그는 두리번거리듯이 눈을 굴리고 있었다. 하지만 끝내 더 이상 반문이 없어 해명 삼아 나는 말을 보탰다.

"죽여서 저 나무 밑에 묻어버렸어요."

나는 눈앞의 야산 쪽을 손가락으로 가리켰다. 그러고는 입을 다물어버렸다.

그래도 괜찮은가, 그런 씨도 안 먹히는 궤변이 어디 있는가 하는 의혹 같은 것은 스스로 쪽팔려 이쪽에서 잠깐 스쳐 보낸 상념에 불과하다. 그는 쓰다 달단 표정 없이 잿빛의 작업실 문 쪽을 쏘아보고 있었다. 이 세상 모든 여편네가 사실은 근원적으로 빨갱이니라. 생각하는 것, 마음 쓰는 것, 심지어 움직이는 것 모두가 원초적으로는 그 사상에 뿌리를 두고 있느니라라고 설사 내가 침을 튀기며 설명을 해본들 그는 알아듣지도 못했을 것이다.

"언제 태평성대가 옵니껴?"

고바우 길을 터덜터덜 걸어 윗동네에서 내려와 어느 때는 시종 말이 없다가 훌쩍 몸을 일으킬 무렵에서야 사내가 이런 소리를 한 적도 있다.

"대답 좀 해주이소. 언제 태평성대가 오겠습니껴?"

"민주주의라는 거…… 말씀인가요?"

"예. 태평성대……."

"여행 갔다 바벨탑을 본 적이 있어요."

"거기이 오뎁니껴?"

"시리아 사막……."

"우떻습디껴?"

"흙더미뿐이었어요. 먼지만 자욱하고."

"……."

"희한하게도 달팽이 한 마리를 거기서 봤습니다."

"……."

"천천히 동쪽으로 기어가더군요."

"……."

"그 달팽이가 여기까지 오는 데 얼마나 걸리겠습니까? 만약 여기까지만이라도 온다면."

"태평성대가 온단 말입니껴?"

"민주주의라도 그렇죠. 가망 없어요……."

"……."

불과 2백여 미터밖에 떨어져 있지 않은 윗동네에서 제대로 지어진 집에 살며 거기서 내려오는 이 사내는 이 짧은 거리를 때로 제 차를 몰고서라도 들이닥칠 수 있다는 생각 같은 걸한 적도 있었을까. 태평성대니 뭐니 부자들의 이런 알쏭달쏭한 질문이나 체면치레는 도대체 대책이 서지 않는다는 생각이 들었다. 그 후 달포 여일을 사내는 내 앞에 그림자를 비치지 않았다. 현관에 비디오폰이라도 설치해야 직성이 풀리는 족속이었다면 그의 그따위 질문들도 그냥 해본 소리만은 아니었을 것이다.

그가 최근에 모습을 보인 것은 박근혜 대통령 탄핵이 인용된 사흘 뒤였다. 아니면 사흘쯤 전이었을 것이다.

내가 내어준 맹꽁이 의자에 조심스럽게 앉은 채 그는 한동안 제 신발을 내려다보고 있었다. 그러더니 조만간 거기서 무너져내리며 흙 위에 털썩 꿇어앉아 통곡을 터뜨리기 시작했다.

"선덕여왕님이 붕어하셨습니더……."

이해 없이 당분간

임현
___

2014년 『현대문학』으로 등단.

그해 겨울은 누가 쉬지도 않고 뺨을 마구 휘갈기는 것처럼 추웠다. 이듬해 여름은 또 몹시 무더워서 자주 목적지 없이 시내버스를 타고 돌아다녔는데 여름에 시원하고 겨울에 따뜻한 곳이라면 모름지기 버스만 한 게 없었다. 비용도 별로 들지 않고 눈치 주는 사람도 없이 냉난방의 혜택을 마음껏 누릴 수 있었으니까. 멀미만 없다면 그만한 데이트 장소도 없다는 건 연희의 생각이었다. 우리는 너무 덥거나 추워서 도무지 참을 수 없는 날, 주로 맨 뒷자리에 앉아서 멀리까지 갔다가 승차한 곳에서 도로 내리고는 했다. 두 바퀴씩 돌기도 했다. 졸기도 하고 간단한 것을 미리 챙겨서 먹거나 마시기도 했다. 무얼 좋아하고, 무얼 싫어하는지, 앞으로 이런 건 꼭 하자, 그건 하지 말자, 가능한 공동의 미래를 계획한 곳도 대부분 버스 안이었다. 그중에서도 우리가 자주 타던 버스는 273번이었는데 중랑공영차고지에서 출발하여 경희대와 안암동을 지나 혜화, 종로와 광화문, 신촌과 홍대 인근을 운행하는 그 노선을 특히 좋아했다. 아무 곳이나 내리기에도 좋았다. 종각에서 내려서 영풍문고에 들어가거나 홍대입구역에서 내려서 망원동까지 걷다가 돌아오기도 했다. 그러니까 그때는 전혀 예상할 수 없는 것들이 있었다면, 이제는 그럴 수 없다는 것, 정류장 앞에서 괜히 명치가 무거워진다는 것, 냉방 버스 같은 단어를 보다가 불쑥 슬퍼지고 무엇보다 참을 수 없이 연희가 보고 싶어질 거라는 점 등이었다.

우리가 헤어질 무렵 무얼 했었나, 무엇 때문에 이렇게 되었나 떠올리다 보면 그럴 만한 이유는 정말 없고 그립고 좋은 것만 기억나서 나를 괴롭혔다. 한번은 양치질을 하다가 욕실 거울에 비친 모습을 가만 바라보았다. 순식간에 슬픔이 치약처럼 부풀었다. 연희의 물건이 빠져나간 자리마다 빈 곳이 생겨서 옷장 안이 넓어지고 화분을 놓았던 자리엔 둥근 얼룩뿐이었다. 포개거나 쌓아 두었던 것들은 허물어진 상태 그대로 방치되어 있었다. 그러니까 이 집에 연희의 것이라고는 거의 남아 있지 않았는데 있다면 버려도 상관없는 것뿐이었다. 그리고 그게 무엇도 아닌 바로 나라는 걸, 무심결에 연희의 칫솔로 이를 닦다가 문득 깨달았던 것이다. 고작 칫솔 같은 존재가 되어 나는 버려졌다.

할 수 있다면 아주 먼 곳에 가서 살고 싶었다. 내가 좋아하는 텔레비전 프로그램 중에 『나는 자연인이다』라는 게 있는데,

거기 나오는 사람들처럼 약초 캐고 텃밭 가꾸고 자급자족하는 삶을 살고 싶었다. 연희도 공기 좋은 곳에서 건강하고 여유롭게 살고 싶다는 말을 자주 했었다. 그러나 연희가 바라는 것들은 어딘가 나랑 비슷한 듯 많이 달라서, 북유럽이거나 남미 같은 곳이었다. 언젠가 한번은 은퇴한 영화감독의 회고작을 함께 본 적이 있었다. 전체적으로 어둡고 화질이 좋지 않았는데 비슷한 장면이 여러 번 반복되는 게 지루했다. 그런데도 그 영화관을 빠져나와 함께 저녁을 먹는 내내 나는 좋았다, 대단하다고만 평가했다. 그날 우리가 무얼 먹고 얼마나 함께 있었는지 잘 기억나지 않는다. 다만 다른 때라면 연희가 좋아하는 부분을 나도 좋다고 대답하거나, 연희가 실망하는 면에 동의하는 식이었는데 그날은 왜 그랬는지 내가 먼저 대화를 주도하고 있었다는 것이다. 그런데도 연희는 내 말을 끊거나 하지 않고 모두 들어주었다. 그런 태도랄까, 배려 때문에 "그런가, 난 좀 별로더라" 하는 연희의 대답에 몹시 부끄러워졌다. 더구나 그때라도 진짜는 나도 지루했다든지, 아니면 아무 말도 하지 말았어야 했는데 자꾸 무언가를 더 말했고 그럴수록 그게 왜 중요한지, 그게 어떤 의도이고 무엇을 의미하는지 설명하고 싶어졌다. 연희가 조용히 고개를 끄덕이기라도 하면 더 그러고 싶었다. 가로저을 때도 어쩐지 열심히 하게 되었다.

연희를 만나면서 나는 종종 우리가 자라온 가정환경이라든지 취향 같은 게 서로 많이 다르다는 걸 확인하고는 했다. 예를 들어, 연희는 가벼운 질병을 많이 가지고 있었는데 알레르기나 치과 질환처럼 심각한 것은 아니었으나 분명한 병명이 있어서 치료가 필요한 것들이었다. 딱히 잔병을 앓아본 기억이 없는 나의 건강 상태를 부러워하기도 했다. 환절기 때마다 고생한다는 연희의 증세를 듣고 얼마 뒤에 나는 이비인후과를 방문했다. 그리고 거기서 먼지 알레르기 진단을 받았다. 재채기를 시작하면 쉽게 멈추지 않기는 했으나 그때까지 그런 게 병인 줄은 몰랐다. 돌보고 관리해야 하는 종류의 것인지 전혀 몰랐던 것이다. 나는 병원을 나오는 길에 곧바로 연희에게 전화를 걸어 이런 일들에 대해 들려주었다. 그리고 그때의 내 감정이 좀 묘했는데, 염려하는 연희의 말을 들으며 어쩐지 연희가 사는 방향 쪽으로 나도 조금은 옮겨졌다는 기분 때문이었다. 그게 싫지 않았다.

반면에 연희는 나중에 다시 잘 풀리도록 묶는 매듭 같은 것에 대해서라면 너무 서툴렀다. 무화과도 먹어본 적이 없다고 하고, 풋대추에서는 어떤 맛이 나는지, 어렸을 때 동네 아무 집 열매나 따서 먹고 했다는 내 이야기를 듣기 좋아했다. 한번은 함께 『나는 자연인이다』를 시청하다가 연희에게 서운했던 적이 있었다. 산중에 무허가 흙집을 지어놓고 사는 남자의 이야기였는데 내벽에 한지가 잔뜩 발려 있었다. 나는 거기에 뭐라 적혀 있나, 어떤 구절이기에 저렇게 빼곡한가, 집중하고 있다가 옆에서 연희가 하는 말을 들었다. 저런 풍경을 두르고 산다면 좋을 거라고 했다. 그리고 나는 그때 너는 하나도 모른다고, 저런 곳에서 저렇게 사는 게 어떤 건지도 모르면서 그냥 부러워만 한다고 뭐라 한소리 했다. 벌레도 많고 불편한 것도 많아서 너는 절대 살 수 없을 거라고.

"그러면 너는 알아?"

연희가 물어서 나는 아무 말도 하지 않고 고개를 끄덕였는데 뭐에 기분이 상했었는지 연희 쪽은 쳐다보지도 않고 화면만 바라보았다. 그리고 지금에 와서 다시 그 장면을 떠올리면 나는 몹시 슬퍼진다. 그때 연희가 차라리 화를 내주었더라면 어땠을까. 거짓말 좀 하지 말라고, 어떻게 네가 그걸 아느냐고 따져 물었더라면 우리가 지금과는 달라지지 않았을까, 생각한다. 그러나 연희는 잠깐 조용해졌다가 내 팔을 가만 쓰다듬었을 뿐이다. 뭐라 더 하는 말 없이 다만 부드럽게 내 팔을 쓸어내렸을 뿐인데 나는 그것으로 연희가 내게 미안해한다고 느꼈었다.

연희와 헤어지고 한동안 사람들은 나를 자주 불러냈다. 소식을 들었다고 했고 함께 술을 마셔주었는데 그런 자리에서라면 나는 매번 빨리 취해서는 아무 소리나 지껄였다. 괴팍하고 예민해져서 오래 주정했는데 기분은 하나도 나아지지 않았다. 무엇보다 나를 더욱 불편하게 한 것은 함께 술 마시던 사람들의 태도였다. 등을 두드려주고 괜찮다, 위로하는 말들이었다. 그럴 수 있다. 뭐? 그래도 된다고. 더 토해도 돼. 와, 많이도 처먹었네. 그런데 그래도 된다. 너는 그래도 돼, 하는 말들이었다. 그게 나를 더 외롭게 만들었다. 차라리 먹살을 잡고 그러지 말라고, 별것 아닌 일로 지저분하게 좀 굴지 말라고, 나를 기피하고 때리고 욕했더라면 나도 함께 머리채를 잡고 싸웠을 텐데. 뭘 안다고 함부로 그런 말을 하나, 화풀이도 좀 하고 그랬을 텐데. 주변의 선량한 사람들이 자꾸 나를 건드고 위로하는 바람에 연희의 공백만 더욱 선명해질 뿐이었다. 그러니까 사람들이 나를 참아주고 이해해주고 배려하는 그 태도 때문에 지금의 내 상황이 얼마나 나쁘게 됐는지를 매번 상기하게 되었던 것이다.

아니면 이유 없이 전화가 걸려오기도 했다. 얼마 전에 여행을 다녀왔는데 어디더라? 서해안인가, 남해라던가 했고 거길 꼭 가보라고, 어패류가 제철이라 지금 꼭 가봐야 한다고 했다. 또 다른 통화에서는 차를 많이 마시라고도 했는데 아침저녁으로 식전에 말린 대추를 뜨겁게 우려 마시라고 조언했다. 그게 우울증에 좋다고 했다. 그러고는 마지막에 가서는 꼭 "괜찮지?" 하고 물어서 그때마다 나는 진짜는 그렇지도 않으면서 그렇다고, 요즘엔 진짜 많이 좋아졌다고 대답해야만 했다. 그러면 기다렸다는 듯이 또 이런 말이 돌아왔다.

"너무 애쓰지는 마."

뭘 어쩌라는 건가.

도대체가 나를 왜 가만두지 않나. 왜 자꾸 나를 위해주고 사람을 피곤하게 만드나. 그런 건 내가 원한 것도 아니고, 하나 도움이 될 것도 없는데 그걸 아는지 모르는지, 아니면 중요한 건 그게 아니라는 건가. 다만 너를 이해한다, 이렇게 내가 도움이 되는 사람이다, 강조하고 싶었던 것일 수도 있다. 그랬으므로 연희와 헤어지고 한동안은 연희를 미워하기에도 바쁜데, 주변의 친절한 사람들이 더 복잡하게 미워지고 나는 더 고립되고 빈방에 혼자 앉아서 울적해하고 그랬던 것이다.

아니면 오래 걷기도 했다. 대책 없이 멀리 걸어가다 보면 모르는 곳에 가 있었다. 연희와도 온 적 없고 그래서 기억할 만한 데도 없는 낯선 곳이었다. 그런 곳에서 한참을 헤매다가 울면서 집이라 생각되는 방향으로 다시 걸어갔다. 집에 도착했을 땐 지쳐서 곧바로 잠들 수 있었다.

한번은 늦은 밤에 걷다가 갑자기 비가 쏟아지는 바람에 난처했었다. 날이 춥고 우산도 없어서 가까운 정류장에서 아무 버스에나 올라탄 적이 있었다. 그러니까 당혹스러울 정도로 자연스럽게, 무엇 하나 망설임도 없이 나는 우리가 한때 애용했던 그 273번에 탑승해버렸던 것이다.

생각해보면, 나는 그때가 아니더라도 언제든지 273번 버스를 탈 수 있었다. 내가 사는 중랑구에서 광화문이나 종로로 나갈 때 그럴 수 있었다. 그러나 한 번도 그러지 않았다. 무엇보다 가장 큰 이유는 지하철 때문이었고 신내역에서 타고 회기역에서 환승하는 또 다른 교통수단이 있어서였다. 어쩌면 우리가 헤어진 것도 아마 그런 이유가 아니었을까.

여름에 시원하고 겨울에 따뜻한 곳이라면 버스만 한 게 없다고 먼저 말한 쪽은 연희였다. 그때는 그런 말들이 마냥 듣기 좋았는데 정말 그렇다고, 나도 그렇게 생각한다고, 그래서 내가 버스 타기를 좋아한다고 대답했었다. 그러나 내가 오해했던 것이 있다면 연희는 그렇지 않았다는 것, 그것 말고도 더 괜찮은 곳을 많이 알고 있었지만 그러지 않았다는 것, 아마도 나의 사정과 상황을 고려해서라는 것, 내가 버스를 탈 수밖에 없는 사람이었다면 연희는 그냥 그래도 되는 사람, 할 수 있는 더 많은 선택지 중에 그래도 되는 것을 골랐을 뿐. 그러므로 나를 위해서, 그게 다 나를 배려해서 그랬다는 것, 그걸 연희가 견디고 참아주었다는 생각에 서러웠다. 서러워서 눈물이 났다. 버스가 아니면 고작 지하철밖에 상상 못 하는 내가 미웠다. 연희는 모르는 걸 나만 알고 있는 것도 싫었다. 자연인들이 사는 집의 구조라든가, 그 집의 서랍을 열면 무엇이 있고, 무엇이 없는지, 혹은 여럿이 모여 잘 때는 어떤 방향으로 어떻게 몸을 눕히는 것이 효율적인지 따위를 알고 있었던 것이다. 괜히 그런 것을 알게 되어서, 모르면 모르는 대로 살았을 걸. 무엇보다 연희, 연희를 가장 모르고 싶었다.

전에 없이 273번 버스 안은 한산했다. 승객이라고는 나밖에 없었고 나는 연희가 보고 싶었다. 아무의 위로도 없이 혼자 슬플 수 있었다. 심야의 창밖은 어둡고 적막했다. 나는 그중 아무 곳이나 바라보며 그래, 한강이구나, 저기 대교가 보이고 연희랑 저길 걸었었지, 생각하다가 소리쳤다.

"아저씨, 여기가 어디예요? 어딜 가는 거예요? 왜 이 버스가 자유로를 타고 있어요?"

급하게 차임벨을 누르고 지금 뭐 하는 짓이냐고, 당장 세워달라고, 이봐요, 벨 눌렀잖아요, 이렇게 불이 들어왔잖아요, 내려주세요, 지금 이 시간에 돌아갈 버스도 없고 택시비도 없어요,

아저씨가 내줄 거 아니잖아요, 무슨 짓이에요, 왜 다른 사람한테 피해줘요? 대중교통이 왜 대중을 위하지 않아? 이봐요, 아저씨, 내가 고객이에요, 고객을 소중히 하라고요. 그러나 버스 기사는 묵묵부답이었다. 게다가 나를 더 당황하게 만든 것은 그의 태도였다. 운전대를 꽉 잡고서는 정면을 주시하고만 있었다.

"손님, 자리에 앉아요."

그의 무심한 대답에 나는 더 크게 소리쳤다.

"세우라고요, 당장 세워요. 뭐예요, 내 말 안 들려요? 그런데 아저씨, 표정이 왜 그래요? 지금 울어요?"

그러자 그는 참지 못하고 서럽게 소리 내어 울기 시작했다. 울면서 소리쳤다.

"좀 앉아요. 날 좀 가만 내버려 두고 제발 저기 가서 앉으라고!"

아무도 가보지 못한 노선으로 버스는 달려가고 있었다. 나는 맨 뒷자리에 앉아서 기사 아저씨의 울음소리인지, 엔진 소리인지 모르는 소음을 들었다. 좀처럼 그칠 생각도 없고 돌아갈 생각도 없이…… 무엇이 우리를 이토록 슬프게 만드는가, 그런 생각을 하다가도 나는 또 연희가 보고 싶었다. 버스 안에는 아저씨와 나 둘뿐이고, 우리는 각자의 이유로 따로 또 함께 울고 있었다.

2077년, 여름 방학, 첫사랑

임승훈

2011년 『현대문학』으로 등단.

2077년, 인류는 모두 같은 얼굴로 살아가고 있다. 2015년 한국에서부터 퍼진 전염병 때문이다. 그 전염병의 치사율은 0%. 어떤 물리적 고통도 없다. 다만 그 병에 걸린 사람들은 모두 같은 얼굴로 변할 뿐이다. 30대 중반의 남자 얼굴. 그 얼굴은 다소 우울하고 신경질적으로 생겼다. 그 얼굴은 쉽게 찡그려지고 웃을 때는 온 힘을 다해야 근육이 작동했다. 그 얼굴은 결심과 후회가 범벅이 된 얼굴이다. 웃을 때보다 화낼 때가, 화낼 때보다 인내할 때가, 인내할 때보다 슬플 때 더 어울리는 얼굴이다.

　　2016년 2월, 이 전염병은 일본과 중국으로 퍼졌다. 2016년 7월 독일과 오스트리아, 같은 해 9월 미국, 같은 해 9월 캐나다와 아르헨티나, 같은 해 10월 스페인과 프랑스, 같은 해 10월 브라질, 2017년 2월 아프리카, 3월 중동까지 전염병은 퍼졌다. 전염병은 잠잠하다가 다시 나타났다. 어느 한 지역을 모조리 전염시켰다가 1, 2년 사라지기도 했다. 하지만 골판지에 젖어드는 물처럼 이 기괴한 전염병은 인류를 조금씩 잠식해갔고, 결국 2028년 9월 27일 18시 02분, 인류의 마지막 다른 얼굴인 멕시코계 편집자 다니엘라 데 헤수스 꼬시오마저 30대의 한국 남자 얼굴로 변해버리고 말았다. 사실 그녀의 남편과 두 아이가 일찌감치 얼굴이 바뀌었기에 전 세계는 그녀에게 주목했고, 미국 정부는 그녀를 존스홉킨스대학 격리실에 보호하고 있었다. 다니엘라 데 헤수스 꼬시오, 메스티소, 유럽과 아메리카 대륙의 음울한 역사가 얼굴의 골마다 새겨진 아름다운 여자. 하지만 이 무시무시한 현상을 그녀도 피할 수 없었다. 그녀는 남편과 15명의 연구원이 지켜보는 가운데 얼굴의 단백질이 재편되었다. 이로써 인류는 단 하나의 얼굴만을 갖게 되었다. 그것은 지구 위에 내려진 거대한 메타포처럼 보였다.

그리고 다시 2077년, 서울. 민수는 성아와 카페에 있었다. 둘은 사귄 지 열 달이 됐다. 성아는 민수의 7년 지기 성훈의 여동생이다. 둘은 그저께 처음으로 섹스를 했다. 어제 민수는 집에 있었다. 친구들과 게임을 했지만 집중할 수 없었다. 첫 섹스, 그건 목적도 과정도 모호한 세계였다. 민수는 허무했다. 성아는 시내를 걸어 다녔다. 걸으며 생각했다. 첫 섹스, 그것은 너무나 분명했다. 자신의 몸을 뚫고 들어오는 것을 견뎌야만 했다. 자신은 이제 또 다른 세계로 들어가고 있다는 것을 그녀는 깨달았다. 성아는 말했다.

－아까 전화로 할 말이 있다고 한 거, 지금 할게.

민수는 대답하지 않았다. 그가 말하지 말라고 한다고 말하지 않을 그녀도 아니거니와, 그가 말하라고 한다고 말할 그녀도 아니었다. 다만 그는 대답하고 싶지 않았다. 엊그제부터 시작된 이 상황을 그녀는 어떤 방식으로든 규정하고 싶어 했다. 민수는 그게 무서웠다.

　– 일단 화내지 마. 약속해줘.

　– 알았어.

　– 절대.

　– 절대.

　– 일백 퍼센트.

　– 일백 퍼센트.

　– 알았어, 말할게. 나 성아가 아냐.

　– 그럼?

　– 성훈이야.

　무더운 날이었다. 여름 방학 중 가장 무더운 날이었다. 매미가 울고 있었다.

　– 무슨 소리야?

　– 니 친구 성훈이라고.

　민수는 각오하고 있었다. 무엇이든 각오하고 있었다. 하지만 그는 자기 애인이 친구의 여동생이 아니라, 친구의 여동생의 오빠라는 사실을 각오한 건 아니었다.

　– 믿을 수 없어.

　– 믿어야 해.

– 우린 섹스를 했어.

– 그래 내가 엎드렸고 넌 뒤에서 했지.

그래 맞아. 민수도 그게 의아했다. 처음 하는데 다짜고짜 뒤에서 넣어달라고 하다니. 하지만 방 안은 너무 어두웠고, 민수에겐 첫 섹스였다. 그는 성기가 들어가기에 넣었을 뿐, 그곳이 질인지 항문인지 알 도리가 없었다. 하지만 이런 일은 아주 드물지 않았다. 어쨌든 인류는 모두 같은 얼굴이니까, 얼굴을 이용한 범죄는 아주 흔했다.

– 이럴 수가, 성훈아, 니가 왜?

– 너를 사랑했어, 오래전부터.

– 그럼 성아는? 니 여동생은?

– 걔는 널 싫어해.

– 왜?

– 내 동생은 멍청하고 역겹고 무식한 호모포비아 년이거든.

– 너네 집에 처음 갔을 때 성아는 날 보고 생글생글 웃었어.

– 니가 무서우니까. 그리고 니가 천하의 쌍놈처럼 친구 여동생을 보고 침을 질질 흘리니까.

– 언제부터 너였던 거야?

– 처음부터, 우리가 첫 데이트할 때부터.

– 이럴 수가, 성훈아, 이럴 수가.

민수는 머리를 쥐어뜯으며 고개를 숙였다.

– 미안해 민수야, 받아들여. 너는 어차피 나랑 키스하고 섹스하면서도 내가 누군지 몰랐잖아.

임
승
훈

하지만 민수는 대답하지 않았다. 카페 안에는 시벨리우스의 바이올린 협주곡 D단조가 흘렀는데, 마침 그 순간 바이올린의 독주가 시작되고 있었다. 그 연주는 심연에서부터 올라오는 비명처럼 느껴져 민수는 대답할 수 없었다. 한참을 그러다 그는 입을 열었다.

– 나도 고백할 게 있어.

– 말해봐.

– 용서를 구하진 않을게. 이유는 알 거야.

– 알았어.

– 지난겨울 언젠가 우린 전화로 싸우고 일주일 동안 연락하지 않았어, 기억나?

– 기억나.

– 일주일이 지나고 내가 너네 집 앞에 찾아갔어. 기억나?

– 기억나.

그날 민수는 마치 투우소처럼 말을 쏟아냈는데, 평소와 다르게 아주 신랄하고 논리정연했다. 결국 성훈은 참지 못하고 민수의 빰을 주먹으로 때리고 말았다. 아주 추운 날이었다. 폭설이 내리는 날이었다. 성훈에게 얻어맞은 민수는 눈더미 속으로 나가떨어졌고, 그 순간 성훈은 펑펑 울면서 그에게 달려들어 키스를 퍼부었다.

– 그날 그건 내가 아니었어.

– 그래 짐작 대로네. 나도 언제나 그날이 마음에 걸렸어. 너답지 않게 너무 말을 잘했고, 그리고 결정적으로 빌어먹을, 키

스를 너무 잘했거든. 누구였는데?

- 우리 반 담임선생님.

- 매일 쓰레기장에서 오줌 싸는 체육 선생, 짤롱이?

- 응.

성훈은 이를 악물었다.

- 어떻게 된 일인지 설명해봐.

- 우리 일주일 동안 연락을 안 했잖아. 그날 우연히 선생님을 만났어. 그리고 선생님께 고민을 털어놓았지. 너무 오래 연락을 하지 않았고, 나는 그걸 어떻게 풀지 몰랐어. 내가 말도 잘못하잖아. 그래서 선생님이 대신 가준 거야.

성훈은 말했다.

- 알았어. 어차피 내가 뭐라고 할 입장이 아니지. 그런데 이왕 이렇게 된 거 나도 고백할 게 하나 더 있어.

- 뭔데?

- 전에 니네 엄마가 나 초대해서 같이 식사한 적 있잖아.

- 응.

- 그때 거기 간 사람, 우리 막내 외삼촌이었어.

- 어쩐지 너무 잘 먹는다 했어.

- 맞아. 니네 엄마 요리는 정말 토할 거 같거든. 막내 외삼촌은 어릴 때 큰 병에 걸리고 나서 후각이 사라졌대. 외삼촌이 아니었으면 그날 그렇게 편하게 식사할 수 없었을 거야.

- 사실 그날 요리한 건 우리 엄마가 아냐, 아빠야.

- 무슨 소리야?

- 엄마는 나 어렸을 때 집을 나갔어. 아빠가 엄마 없는 거 사람들이 알면 기죽는다고 가끔 엄마 옷을 입고 돌아다녀.

- 니네 엄마, 아니 아빠가 나 집에 갈 때 엉덩이 예쁘다고 몇 번이나 만졌단 말이야!

- 어차피 넌 여자도 아니잖아.

성훈은 화가 났다. 화가 났지만 화를 낼 수 없었다. 어쨌든 자신은 자기 친구이자 애인의 첫 키스와 첫 연애와 첫 경험을 모두 망쳤기 때문이다. 그는 떨리는 목소리로 물었다.

- 고백할 거 몇 개 더 있어?

- 일고여덟 개 정도? 어쩌면 몇 개 더 생각날지도 모르고. 너는?

- 나도 일고여덟 개 정도. 나도 어쩌면 더 생각날 수도 있어.

- 그럼 이번에는 내가 말할게.

- 알았어. 그 전에 할 말이 있어.

- 뭔데?

- 사랑해.

그 순간 민수는 마음이 아팠다. 성훈의 얼굴, 자신과 똑같은 얼굴, 우울한 얼굴, 62년 전 혜화동에 살던 어느 소설가의 얼굴. 그 얼굴이 금세라도 부스러질 것 같은 표정으로 자신을 쳐다보고 있었다.

- 나도 그래, 나도.

이렇게,

민수는 아주 조그만 소리로 중얼거렸다.

다정한 유모

정 용 준

2009년 『현대문학』으로 등단.
소설집 『가나』『우리는 혈육이 아니냐』
장편소설 『바벨』 등이 있다.

눈먼 시인이 망루에 서서 외쳤습니다.

"나라가 망했도다. 나라를 지키는 자들은 어디에 있는가. 술취한 당나귀들처럼 서로의 배를 베고 잠들어 깰 생각을 하지 않는다. 숲은 불타고 새들은 먼 나라로 날아가 돌아오지 않는다. 깊은 밤 왕궁의 하늘 위로 악령의 흰빛이 소용돌이처럼 일렁이면 말과 소, 돼지와 거위들이 공포에 질려 울부짖는다. 이 소리가 들리지 않는가. 이 소리가 들리지 않는가."

국경이 무너졌어요. 도적들은 발소리를 죽이지 않고 가면도 쓰지 않은 채 서슴없이 국경을 넘어 마을을 습격해옵니다. 물건을 약탈하고 곳간을 불태우며 밀주를 물처럼 마셔대며 짐승처럼 함성을 질러요. 울음이 넘실대는 거리. 애통하는 자는 가슴을 부여잡고, 원한에 사로잡힌 자들은 허공을 향해 빈주먹을 휘둘러대요. 내란이 일어나 마을은 두 패로 나뉘었어요. 서로를 적으로 여기고 창과 칼을 겨누는 참담한 순간. 아이들은 울지도 않고 말똥말똥한 눈으로 성난 어른들의 바지를 붙잡고 있네요. 주민을 다스리던 자들은 어디 있나요? 깊은 밤 속옷 바람으로 숲으로 들로 뿔뿔이 흩어져 자취를 감추는 저들이…… 설마 아니겠죠.

왕의 여름 별장을 짓기 위해 동원된 소년과 소녀들이 무너진 축대 아래 깔려 있어요. 시신조차 수습하지 못하고 하루, 이틀, 한 달, 두 달이 흘러가네요. 그 돌무더기 앞에서, 속을 보여주지 않는 고요한 호수 앞에서, 아이들의 이름을 부르며 엄마와 아빠가 눈물과 침을 흘리며 울고 있는데요. 누구의 잘못이냐, 누가 책임져야 하는가, 하나 마나 한 말을 주고받는 관리자들은 한심한 재판 노름을 하고 있어요.

밤은 어둡고 민심은 더더욱 어둡습니다. 더는 견딜 수 없다, 하는 자들이 침소에서 일어나 횃불을 들고 하나둘 거리로 나가고 있어요. 광장에 모여든 사람들. 양심 있는 대신들과 정의로운 법관들이 궁을 떠나 광장에 나와 사람들 앞에 섭니다. 스스로 체포되거나 무릎을 꿇고 사죄하는 모습. 그 풍경은 슬픈가요? 아름다운가요?

발언대에 사람들이 줄을 서 있어요. 한 명 한 명 저 왕궁을 향해, 불타는 마을을 향해, 목소리를 높입니다. 횃불을 든 어른들과 촛불을 든 아이들은 왕궁을 포위하고 밤새 성벽을 돕니다. 나팔을 불고 북을 두드려 왕에게 간청합니다. 어디선가 울리는 노랫소리. 목소리가 하나둘 모여 커지는 합창이 됩니다.

"왕이여. 왕이여. 우리가 사랑했던 왕이시여. 이제는 부디 그 자리에서 내려오소서. 피 묻은 우리의 손이 거룩한 왕좌를 움켜쥐지 않도록 스스로 내려오소서. 왕이여. 왕이여. 우리가 사랑했던 아름다웠던 왕이시여. 내려오소서. 이제는 내려오소서.

*

그레이스는 금빛 왕좌에 앉아 따분한 눈으로 텅 빈 왕궁을 바라보며 유모를 불렀습니다. 한참 뒤 문이 열리고 허리가 굽은 노파가 지팡이를 바닥에 톡톡톡 두드리며 비틀거리며 다가옵니다.

"다들 어디 갔나요? 왜 대신들은 인사하러 오지 않죠?"

노파는 잠시 허리를 펴고 주위를 둘러봤습니다. 무장한 네 명의 문지기들만 장대처럼 서 있을 뿐 아무도 없습니다. 그녀는 애써 밝은 표정을 짓고 다정한 음성으로 말했어요.

"모두 전쟁에 나가 있습니다. 조금만 기다리세요. 곧 왕께 승리의 소식을 전해줄 테니까요."

"요즘 자꾸 성문 밖에서 시끄러운 소리가 들리던데 무슨 일 있어요?"

그레이스는 머리카락을 손가락으로 꼬아대며 물었어요. 노파는 더듬거리며 대꾸했습니다.

"축제가 벌어지고 있답니다. 따뜻한 봄이 와서 기쁜 나머지 춤을 추고 노래하는 것이지요. 왕을 높이는 찬미가를 부르는 이들도 있어요.

"그래요? 나도 밖에 나가고 싶어요."

노파는 걱정스러운 표정을 하고 고개를 저었어요. 그리고 떼쓰는 아이를 달래는 음성으로 말했습니다.

"오, 이런. 그건 곤란해요. 아직은 얼음이 섞인 북풍이 불고 사막에서 가끔 열풍도 불어옵니다. 변덕스러운 계절에 밖에 있으시면 건강이 나빠집니다. 백금처럼 환하고 고귀한 피부가 상할까 걱정이 되네요."

그레이스는 풀 죽은 얼굴로 손으로 턱을 괴었습니다.

"흠…… 그럼 안 되겠네. 따분한데. 그럼 기분 전환을 하고 싶으니까 미용대신을 불러줘요."

"알겠습니다. 식사를 마치시고 낮잠 주무시면 오후 늦게 보내겠습니다."

그러나 왕궁에 미용을 담당하는 신하는 한 명도 남아 있지 않았습니다. 모두 궁을 떠나버렸어요. 노파는 더 이상 버틸 수 없다는 것을 알았지만 이 참담함에 대해 왕께 말하고 싶지 않았어요. 아니, 말할 수 없었어요. 그녀는 지팡이에 힘을 주고 허리를 펴고 서서 잠시 붉은 카펫이 깔린 복도를 바라봤어요. 왕궁의 운명과 자신의 운명도 이제 끝났다는 생각이 들어 눈가가 촉촉해졌습니다. 하지만 고개를 흔들었어요. 그렇게 하면 나쁜 생각이 사라지기라도 한다는 듯.

"아니야. 아니야. 절대로 이렇게 끝나지 않을 거야. 이제껏 그랬던 것처럼 바람은 그치고 더러운 먼지도 잠잠해질 거야."

그레이스는 침대에 비스듬히 누워 있다가 미용 도구가 담긴 수레를 끌고 들어오는 유모를 발견하고 허리를 펴고 앉았어요.

"어머? 유모가 왜 왔어요?"

"그레이스. 내 귀여운 병아리. 허락해 주신다면 오늘은 옛 기억을 떠올리며 제가 사랑하는 병아리의 머리를 만져드리고 싶은데요."

그레이스는 자신을 병아리, 라고 부르는 유모의 말에 얼굴이 환해졌어요. 항상 유모에게 칭얼거리고 싶었거든요. 가끔 엄마라고 부르면 유모는 준엄한 표정으로 꾸짖으며 그렇게 부르면 안 된다고 했어요. 그레이스는 이해하면서도 그게 내심 서운했답니다. 그런데 먼저 자신을 병아리, 라고 불러줘서 너무 기뻤던 거예요. 그레이스는 아이 같은 표정을 짓고 콧소리를 내며 유모의 무릎에 머리를 대고 누워 말했어요.

"엄마. 엄마. 머리 두 개로 묶어 주세요."

노파는 그레이스의 머리를 쓰다듬으며 자장가를 불렀어요.

"잘 자라 우리 아가. 하늘의 별도 달도 내 딸을 사랑해. 땅의 모든 것들이 내 딸을 사랑해."

그레이스는 이내 노파의 품에 잠들었어요. 새근새근 잠든 중년의 그레이스. 늙은 유모의 눈에는 여전히 귀엽고 사랑스러운 아이로 보였습니다. 그녀는 그레이스가 깨지 않게 작게 소곤거립니다.

'이 아름다운 여인을 봐. 나의 공주님. 나의 귀여운 새끼손가락.'

노파는 그레이스에게 이불을 덮어주고 침실을 나왔어요.

'마음이 찢기는 것 같구나. 교활한 것들. 나의 병아리에게 돌을 던지고 욕을 하다니. 어디 감히 미천하고 더러운 종자들이…… 우매한 백성들. 악마와 사기꾼의 세 치 혀에 놀아나 흥분하는 꼬락서니를 보라지. 그동안 내가 어떻게 살아왔는데. 수많은 어려움과 문제를 헤치고 여기까지 왔어. 말도 못하는 핏덩이를 공주로 만들고 마침내 왕이 되었는데…… 이렇게 무너질 수 없어. 그동안 얼마나 많은 피를 내 손에 묻혀왔던가. 때론 흙비가 내리고 피가 고인 구덩이를 건너야 할 때도 있었지. 하지만 난 기꺼이 나의 왕. 나의 아가를 위해 진흙탕에 굴렀지. 그것조차도 기쁨이었어. 왕과 왕비가 죽고 철모르는 어린 아이의 작은 손을 쥘 때 다짐했었지. 내가 너에게 이 왕국을 줄게. 너의 작은 입에 이 나라의 모든 좋은 것들을 다 떠먹여 줄

정용준

테야. 그리고 세월이 흘렀고 지금에 이르렀지. 어떻게 지내왔는데. 어떤 일을 겪어왔는데. 이 정도 소란은 일도 아니지. 이런 것쯤은 내가 다 해결할 수 있어. 두고 봐. 궁을 떠난 자들은 목숨을 구걸하며 무릎을 꿇고 개처럼 기어 올 거야. 내 발에 혀를 대며 가증스런 목소리로 부르르 떨며 말하겠지. 살려주세요. 살려주세요.'

노파는 앙상한 주먹을 꼭 쥐고 어금니를 깨물었어요. 틀니가 틀어지며 불쾌한 소리가 들립니다. 그 순간 그녀는 문지기들을 발견하고 소리쳤어요. 그들은 투구를 벗고 칼을 바닥에 내려놓고 궁을 떠날 채비를 하고 있습니다.

"근무 시간에 무슨 짓이야!"

그들은 노파의 말에 아무 대꾸도 하지 않고 묵묵히 갑옷을 벗습니다. 그녀는 그들 중 한 명의 팔을 붙잡았어요.

"이놈들 내 말이 들리지 않느냐!"

문지기는 허리가 굽은 늙은 여자의 핏발 선 눈을 물끄러미 내려보고 싸늘하게 웃으며 팔을 빼냅니다. 힘없는 노파는 지팡이를 놓치고 바닥에 쓰러졌어요. 그들은 노파를 넘어 왕궁을 빠져나갔어요. 그들 중 한 명은 일부러 지팡이를 밟았습니다. 힘없이 두 동강난 지팡이를 보며 노파는 치밀어 오르는 분노에 몸을 부르르 떨었어요.

"이런 개만도 못한 새끼들이 어디 감히."

순간 노파는 등줄기에 불쾌한 통증을 느꼈습니다. 통증은 마치 살아 있는 동물처럼 척추에 이빨을 박고 조금씩 목으로 올라오고 있어요. 그녀는 손을 들어보려 하지만 마비된 두 손은 부러진 지팡이처럼 꿈적도 하지 않네요. 노파는 자신의 등에 올라탄 그것이 죽음이라는 것을 깨달았어요. 눈을 뜬 채 바닥에 쓰러져 버둥거리며 마지막으로 외칩니다.

"살려주세요. 살려주세요."

노파의 말이 텅 빈 왕궁에 힘없이 울려 퍼집니다.

*

한숨 푹 잔 그레이스는 기분이 참 좋습니다. 옷자락을 잡고 콧노래를 흥얼거리며 텅 빈 왕궁을 종종종종 돌아다녔어요. 그레이스도 봄을 만끽하고 싶었어요. 자신을 사랑하는 사람들에게 화답하고 싶었어요. 손 키스를 날려주고 환호하는 이들에게 축복의 말을 전하며 손을 흔들어주고 싶었어요. 그레이스의 마음은 너무도 충만하여 풍선처럼 두둥실 떠오를 듯했어요. 그레이스는 힘차게 문을 열고 테라스에 나갔어요. 하늘이 붉게 물들어 있습니다. 사람들의 함성과 노랫소리가 들립니다.

'아, 활기찬 축제의 소리. 나를 사랑하는 백성들. 오늘은 그들이 그토록 원하는 내 얼굴을 아낌없이 보여줘야지. 유모가 그랬지. 내 미소와 숨결 하나만으로도 슬픈 자들은 용기를 얻고 우는 자들은 눈물을 그친다고. 그래. 오늘은 내가 그들의 눈물을 닦고 웃게 해주겠어.'

그레이스는 우아한 걸음으로 걸어 테라스에 놓인 연단 앞에 섰습니다. 그리고 자신을 바라보고 있는 이들에게 손을 흔들었어요. 축복의 단비를 내리듯 기쁨의 꽃가루를 뿌리듯 힘차게 힘차게 흔들었어요.

외선순환선

2014년 봄, 그 후

조수경

2013년 《서울신문》 신춘문예로 등단.
소설집 『모두가 부서진』이 있다.

이곳에 개가 있습니다.

지금도 개는 어두운 선로 위를 떠돌고 있을 것입니다.

*

출입문이 닫혔습니다. 가까스로 전철에 올라탄 나는 닫힌 문에 기대어 숨을 몰아쉽니다. 1호선과 2호선이 만나는 시청 역에서 많은 사람들이 내리고 또 올라탔지만, 조금 전의 혼잡 함은 좀처럼 찾아볼 수가 없습니다. 전철 안으로 뛰어든 사람 들은 재빨리 다른 승객들 틈을 파고들었습니다. 그들은 미리 짜놓은 동선대로 움직이는 배우들처럼 감쪽같이 자리를 잡고 섰지요. 때문에 누가 새로 끼어든 승객인지 가려내는 일은 쉽 지 않아 보입니다. 적당히 피로한 얼굴들. 아마도 하루 일과를 마치고 집으로 돌아가는 사람들이 대부분일 것입니다. 나는 퇴근하는 길이 아닙니다. 잠시 외출했다 집으로 돌아가는 길도 아니지요. 나에게는 목적지가 없습니다. 그렇다고 해서 목적이 없는 것은 아닙니다. 나는 지금 개를 찾고 있습니다.

개를 잃어버렸느냐고요? 아닙니다. 그것은 나의 개가 아닙니다.

개에 관한 기사를 읽은 것은 한 달 전이었습니다. 개는 2호선의 어느 역과 역 사이에서 발견됐다고 하더군요. 전철은 서행하며 겨우 역에 들어섰고, 역무원들은 손전등을 하나씩 들고 부랴부랴 승강장 아래로 내려갔지요. 개가 숨어 있을 만한 곳마다 불빛을 비춰 보았지만 소용없는 일이었습니다. 선로에서도, 승강장에서도, 전철 안에서도…… 모두들 한바탕 난리가 났습니다. 승객들의 항의가 터져 나왔고, 전철은 다시 다음 역을 향해 움직였습니다. 언제까지나 개를 찾고 있을 수만은 없는 노릇이었겠지요. 한 마리의 작은 짐승 때문에 많은 사람들의 출근 시간이 늦어지고 있었으니까요.

기사 말미에는 개가 아직도 선로 어딘가를 헤매고 있을 것으로 추정된다고 쓰여 있더군요. 나는 한동안 꼼짝도 할 수 없었습니다.

개는 어디에 있을까.

이것이 제일 먼저 떠오른 생각입니다.

개는…… 살아 있을까.

어쩐지 두려워서 생각을 재빨리 넘겨버렸습니다.

개는, 어쩌다 그곳에 있게 된 걸까.

나의 생각은 여기에서 멈췄습니다.

선로 위를 떠도는 개. 사실 그것은 정말 이상한 일이었으니까요. 아마 백화점이나 영화관 안을 터덜터덜 걸어 다니는 개를 봐도 고개를 갸웃거리기는 할 겁니다. 그러나 그 정도는 충분히 있을 수 있는 일이지요. 어쩌다 그곳에 오게 됐을지 수십 가지 경우를 짐작해볼 수 있을 겁니다. 하지만 그곳은 선로였습니다. 승강장도 아닌, 선로 말입니다. 개가 스스로 선로에 내려가는 일은 그야말로 난센스. 우리가 모르는 어떤 사건이 벌어진 것이 분명했습니다. 캄캄한 터널 안을 떠돌고 있을 개가 가엾게 여겨진 것은 바로 그 때문이었습니다.

다음 날에도, 그다음 날에도, 또 그다음 날에도 나는 기사를 꼼꼼하게 살펴봤습니다. '선로를 떠돌던 개, 구조에 성공하다' 이런 제목을 기대했던 것이지요. 하지만 개에 관한 기사는 어디에서도 찾아볼 수 없었습니다. 그때부터 나는 개를 찾기 위해 2호선 전철에 오르기 시작한 것입니다. 매일 순환선을 타고 출입문에 바짝 붙어 서서 선로를 응시합니다. 어떤 날은 아침 일찍부터, 또 어떤 날은 오후부터. 이렇게 2호선을 타고 몇 바퀴씩 돌다 보면 개를 발견하게 될지도 모를 일입니다. 굶주리고, 겁에 질린 개가 선로를 따라 걷고 있을 것만 같아서 나는 이 일을 멈출 수 없습니다.

*

 아침부터 하늘은 오랫동안 병들어 있던 것처럼 누런 빛이었습니다. 정오를 넘기면서 흙비가 쏟아지기 시작했습니다. 봄답지 않은 매서운 바람이 불어옵니다. 우산 아래로 탁한 빗방울이 날아들어 하얀 셔츠에 얼룩을 만듭니다.

 개를 찾는 일은 언제나 시청역에서부터 시작됩니다. 버스에서 내려 시청역으로 가려면 광장 앞을 지나야 합니다. 그곳에는 언제나 많은 사람들이 모여 있습니다. 길 건너편에도 무리를 이룬 사람들이 보입니다. 그들은 확성기에 대고 맞은편에 모여 있는 사람들을 향해 비난을 쏟아붓습니다. 또 다른 쪽에서는 또 다른 무리가 찬송가를 부르며 그들의 신을 찬양하고 있지요. 같은 공간에서 서로 다른 소리들이 부딪칩니다. 그 기이한 불협화음의 현장을 물끄러미 바라보다가 나는 발길을 돌립니다.

 얼마나 걸었을까요. 배수구로 빗물이 빨려 들어가듯 사람들이 지하로 흘러들고 있습니다. 시청역으로 들어서는 통로이지요. 나는 사람들 틈에 섞여 계단을 밟습니다.

 지상과는 달리 지하는 고요합니다. 위쪽과는 전혀 다른 세상 같습니다. 서늘하고 습한 공기는 퀴퀴한 냄새를 품고 있습니다. 지린내인지 곰팡내인지 그도 아니면 구석진 곳에서 무언가 썩고 있는 냄새인지 알 수 없습니다. 그럼에도 나는 그 고요한 풍경에 매료되곤 합니다. 지상의 소음으로부터 몸을 피할 수 있는 유일한 대피소처럼 느껴지는 것이지요. 고요란 언제나 달콤한 것이지만, 계속 멈춰 있을 수만은 없습니다. 나는 개를 찾아야 하니까요.

외선순환선.

전철에 올라탄 나는 전광판에 떠 있는 글자를 바라봅니다. 내선순환선과 외선순환선의 차이가 뭔지 아시나요? 물론 나는 알고 있습니다. 그걸 알려준 사람은 내 딸아이였지요.

"엄마, 내선순환선이랑 외선순환선이랑 어떻게 구분하는지 알아?" 그렇게 묻고 아이는 빙글빙글 웃었습니다. "시계 방향으로 달리는 건 내선순환선, 시계 반대 방향으로 달리는 건 외선순환선이야."

아이는 종종 그런 식의 문제를 내곤 했습니다. 악어의 성별을 결정하는 건 무엇인지, 아파트 베란다에서 보이는 산은 해발 몇 미터인지, 세상에서 가장 긴 이름으로 된 나라는 어느 나라인지…… 나는 늘 모르겠다는 얼굴을 했습니다. 그러면 아이는 곧장 답을 말해주었지요. 사실 나는 다른 것들이 더 궁금했습니다. 딸애가 무얼 보고 그 많은 문제를 내는 건지, 요즘은 어떤 것에 흥미를 느끼는지, 사귀는 남자친구는 없는지…….

답을 말해주고 싶어 입이 근질거린다는 얼굴로 나를 바라보던 눈동자. 이런, 자꾸 웃음이 나는군요. 미안합니다. 딸애 생각에 그만.

전철은 한강을 건너고, 지하와 지상을 넘나들며 달립니다. 아직 한 바퀴도 채 돌지 않았는데 아주 오랜 시간을 달려온 듯한 기분이 듭니다. 대체 몇 바퀴나 도는 걸까요? 시계 반대 방향으로 몇 바퀴를 돌아야 전철은 운행을 멈추는 걸까요. 어쩐지 끝도 없이 돌 것만 같아서 멀미가 납니다.

왜 하필 이곳이었을까요. 차라리 다른 노선이었다면, 그랬더라면 개는 적어도 종착지에는 도착할 수 있었을 텐데. 하지만 이곳은…… 이곳은 거대한 트랙이나 다름없습니다. 시작도 끝도 없이 영원히 순환되는 미로인 것입니다.

이렇게 순환선을 타고 돌다 보면 개의 심정에 대해 생각하게 됩니다. 덮칠 듯 달려드는 굉음과 어둠으로 꽉 찬 적막이 교차하는 이곳에 혼자 남겨진 개의 심정을 말입니다. 개는 모든 것이 얼마나 혼란스럽게 느껴질까요. 전철이 운행을 모두 마친 새벽에 개는 간간이 들려오는 자동차 소리나 거리의 취객이 부르는 노랫소리를 찾아 귀를 움직일까요. 개에게도 분명 생각이란 것이 있을 테지요. 그래요, 개도 꿈을 꾼다고 들었습니다. 잠을 자면서도 짖거나 꼬리를 흔들기도 한다지요. 좋고 싫음을, 평안과 두려움을 모두 느낄 줄 아는 생명. 그러한 생명이 이유도 모르는 채 두려움에 떨어야 한다는 건 슬픈 일이지요, 정말 슬픈 일입니다. 개는…… 기다리고 있을까요? 자신을 미로에서 구해줄 귀에 익은 목소리를.

시선을 옮겨 전철 안을 둘러봅니다.

좌석에 앉아 있는 사람이나 서 있는 사람이나 모두들 적당히 피로한 얼굴을 하고 있습니다. 피로하되 별일 없는 일상을 살아가는 사람들. 그들은 그렇게 보입니다. 그 별일 없는 일상이 낯설게만 느껴집니다. 이런 생각도 듭니다. 어쩌면 이 전철 안에는 집에 돌아오지 못한 가족이나 친지를 둔 사람들이 있을지도 모른다는 생각 말입니다. 건물이 무너지고 다리가 끊어지고 큰불이 나서 영영 집에 돌아오지 못한 사람들. 또 어쩌면, 여기에 탄 사람들 중 누군가는 충분히 막을 수 있었으나 막지 않은 사고로 인해 앞으로 가족이나 친지를 잃게 될지도 모르는 일입니다. 혹은, 자기 자신을 잃게 될지도…….

*

지하를 달리던 전철이 어느덧 지상 구간으로 올라갑니다.

차창 밖으로 도시의 풍경이 펼쳐집니다. 밤의 도시는 불빛을 사용해 점묘로 그린 그림 같지요. 멀리 아파트 단지를 바라봅니다. 불 켜진 집에서 어떤 일이 벌어지고 있을지, 그 안에 있는 사람들이 어떤 대화를 나누고 있을지 쉽게 짐작할 수 있습니다. 그들은 나란히 소파에 앉아 TV를 보면서 웃고 있을 것입니다. 야식으로 치킨이나 피자 같은 것을 주문했을지도 모르지요. 어쩌면 늦은 시각까지 공부하고 돌아온 아이의 투정을 받아주고 있을지도 모르는 일입니다. 1년 전까지만 해도 그것은 다른 누구도 아닌 나의 삶이었습니다. 이곳, 전철 안에서 별일 없는 얼굴로 휴대전화를 들여다보거나, 잠을 자거나, 웃으며 통화하는 사람들…… 1년 전만 해도 나는 저들과 다를 바 없는 삶을 살고 있었습니다.

1년 전. 아이는 들뜬 걸음으로 집을 나섰습니다. 그것은 아이가 태어나서 가장 멀리 떠나는 여행이었지요. 나는 베란다에 서서 아파트 단지를 벗어나는 아이의 뒷모습을 오래도록 바라봤습니다. 매일 등굣길마다 뒤를 돌아보고 손을 흔들던 아이였는데, 그날은 집합 시간에 늦을 것을 걱정했는지 곧장 정문을 향해 달려가더군요.

왜 아무것도 예감하지 못했을까요.

나는 그날 베란다에 서서 고작 아이가 뛰어가다가 넘어지지는 않을까 걱정했던 것입니다. 다른 것은 조금도 걱정하지 않았던 것입니다. 그저 여행에서 돌아와 즐겁게 재잘거리는 아이를 상상하며 혼자 웃었던 것입니다. 지난 1년간, 매일 그 순간을 떠올리며 자책했습니다. 나는 왜, 아무것도 예감하지 못했던 걸까요.

종종 아이의 방문을 열어봅니다. 방은 모든 것이 예전 그대로이지요. 책상도, 옷장도, 침대도…… 모두 아이가 쓰던 그대로입니다. 나는 아이가 앉던 의자에 앉거나 침대에 모로 누워 방 안을 둘러봅니다. 주인을 잃은 방은 언제나 가지런한 상태 그대로입니다. 그것이 보기 싫어 나는 가끔 책상 위에 놓인 물건을 흩뜨려 놓기도 합니다.

어느 날인가 아이 방 침대에 누워 있다가 책상 아래에서 무언가를 발견했습니다. 그건, 거미줄이었습니다. 거미줄 하나에

단정하던 방이 순식간에 폐가처럼 느껴지더군요. 나는 벌떡 몸을 일으켰습니다. 단숨에 빗자루를 들고 와 책상 앞에 웅크리고 앉았지요. 거미줄을 없애려고 빗자루를 뻗었을 때…… 그곳에 거미가 있었습니다. 네, 거미줄에 거미가 있는 건 당연한 일입니다. 그럼에도 나는 조금 놀랐습니다. 나는 거미를 바라봤습니다. 노란 몸통에 까만 머리와 다리가 달린 거미더군요. 작은 절지동물은 내 시선을 감지했는지 꼼짝도 않고 줄에 매달려 나를 바라봤습니다. 네, 그렇습니다. 분명 나를 보고 있다고 느꼈습니다.

어쩌면.

그 순간 생각했습니다. 어쩌면, 하고 말입니다. 그날 이후로 매일 아이 방에 들어가 책상 아래를 들여다봤습니다. 노란 거미가 거미줄을 떠나기 전까지 하루도 빠짐없이.

사람들은 그것이 불행한 사고였다고 말합니다. 이제 그만 잊으라고도 합니다. 타인의 고통은 차창 밖으로 밀려나는 풍경만큼이나 빨리 멀어지는 것이니까요. 나는 아이를 찾지 못했습니다. 그러므로, 나는 개를 찾고 싶습니다. 짙은 어둠 속에서 꺼내주고 싶습니다. 개는, 어디에 있을까요?

*

며칠째 흙비가 세차게 쏟아집니다. 여름 장마처럼 퍼붓습니다. 참으로 이상하고 이상한 봄입니다. 나는 오늘도 개를 찾고 있습니다. 차창에 빗방울이 부딪칩니다. 지친 나는 잠시 빈자리에 앉아 몸을 돌리고 바깥을 응시합니다. 차창에 누런 흙물이 흘러내립니다.

외선순환선은 시계 반대 방향으로 달려갑니다. 지하 구간으로 진입하며 전철은 미끄러지듯 터널 속으로 빨려 들어갑니다. 내리막길에서도 전철은 속도를 줄이지 않습니다. 가속도가 붙어 더 빠르게 달립니다. 아래로, 아래로, 더 깊이 들어갈수록 전철은 무서울 정도로 속도를 올립니다. 나는 등받이에서 몸을 떼고 옆에 있는 손잡이를 붙듭니다. 이대로 달리다가는 선로를 이탈할 것만 같습니다. 주위를 둘러봅니다. 비정상적인 속도로 달리고 있는 전철 안에서 별일 없다는 듯 휴대전화를 들여다보거나 잠을 자고 있는 사람들. 전철은 굉음을 울리며 지하로 내달립니다. 차창으로 물살이 튑니다. 바퀴가 물살을 가르며 굴러갑니다. 비가, 이렇게나 많이 내린 걸까요? 출입문 틈새로 물이 새어 들어오기 시작합니다. 가느다란 줄기를 이루며 흐르던 물이 곳곳에 웅덩이를 만듭니다. 이제, 이것이 꿈이라는 걸 알 것 같습니다. 현실만큼 지독한 악몽에 꿈인 줄 알면서도 나는 몸을 떱니다. 물은 금세 발목까지 차오릅니다. 나는 두 발을 의자 위에 올려놓고 주위를 둘러봅니다. 사람들은 웃으면서 통화를 하거나 따분한 얼굴로 광고판을 바라보고 있습니다.

이봐요. 나는 사람들을 향해 말합니다. 이대로 있어도 괜찮은 건가요?

소리는 목에 걸려 밖으로 나오지 않습니다. 사람들은 그저 피로한 얼굴로 앉아 있습니다. 창문 바로 아래에서 검은 물이 출렁입니다. 전철은 멈추지 않고 물속으로 달려갑니다.

*

  아직도 이곳에는.

통일절 소묘 2

조해일

1970년 《중앙일보》 신춘문예로 등단.
소설집 『아메리카』 『왕십리』 『매일 죽는 사람』
『지붕 위의 남자』 『임꺽정에 관한 일곱 개의 이야기』
장편소설 『겨울 여자』 『갈 수 없는 나라』 등이 있다.

'노동은 로봇이, 인간은 운동을~'이라는, 이젠 낡아버린 구호대로 거리마다 달리는 사람들로 넘쳐났다. 자동차는 거의 보이지 않는다. 오늘은 열두 번째 맞는 통일절, 공휴일이다. 2034년 5월 9일.

　서울에서 고속철로 한 시간 거리인 평양역에 소율과 하율이 도착한 것은 오전 열시쯤. 평양은 화창한 날씨였다. 소율과 하율은 남매가 아니다. 형제도 아니다. 그들이 태어나던 2010년대에 그 이름들이 유행했을 뿐이다. 그들은 연인 사이다. 오늘 을밀대 공원에 있는 '분단시대 박물관'에 관람하러 왔다. 소율이 제안했고 하율이 마지못해 동의했다. 하율은 집집마다 설치되어 있는 영상 수신 장치를 통해 영화나 보며 소일하고 싶었던 것이다. 그러나 소율이 우기는 바람에 따라나섰다.

　"난 분단시대 물건들을 보고 싶어. 오늘 꼭 보고 싶어. 물건들의 분류, 진열 상태도 보고 싶어."

공기는 맑았고 햇볕은 따사로웠다. 소율과 하율은 역에서 나와 을밀대 공원을 향해 걸었다. 국경일이지만 거리에 깃발 같은 것은 나부끼지 않았다. 국기는 새로 정해졌지만 그게 어떻게 생겼는지 아는 사람은 적다. 그게 중요하다고 생각하는 사람이 적기 때문이다.

대신 달리는 사람들로 넘친다. 운동이 중요하다고 생각하는 사람이 많기 때문이다. 소율과 하율도 운동이 중요하다고 생각한다.

"우리도 달릴까?" 하율이 물었다.

"아니, 그냥 걸어. 너 달리기 싫어하잖아." 소율이 대답했다.

"넌 좋아하잖아."

"이건 내가 양보. 여기 오는 거 니가 양보했으니까."

"그래, 그럼. 걷는 것도 운동이긴 하니까."

"노인의 운동이긴 하지만."

"그럼 달릴까?"

"아냐, 그냥 걸어. 미리 노인 연습 좀 하는 것도 괜찮잖아."

"하하, 좋아."

공원에 도착했을 때 그들은 한 무리의 중국인들이 태극권 연습하는 장면을 보았다. 중국과는 서로 입국사증면제 협정이 맺어졌기 때문에 서로 자유롭게 여행한다. 그리고 중국인들은 여행 와서도 저렇게 무리 지어 태극권을 연습한다. 태극권은 하율도 조금 할 줄 안다. 그쪽에 눈길이 가는 것을 보았는지 소율이 물었다.

"왜, 끼고 싶어?"

"응? 아니……."

"어쩌 넌 운동도 노인들 하는 운동만 좋아하니? 끼고 싶음 잠깐 껴서 하고 가도 돼."

"그냥 가자. 그리고 저거 노인들만 하는 운동도 아니구, 어렸을 때부터 하면 평생 건강이 보장된다구."

"노인이 할 소리만 골라서 하고 있네. 저렇게 느려빠져서 무슨 운동이 된다구."

"모르는 소리 마. 너도 저거 한 번 배워보면 빠져나오기 힘들걸? 피부가 얼마나 좋아지는데."

"어라? 내 피부가 나빠?"

"그런 얘기가 아니라 더 좋아진다구."

"됐네요. 껴서 할 거 아님 어서 가자."

'분단시대 박물관'은 두 동의 기다란 3층 벽돌 건물이 마주 보는 형태로 지어져 있었는데 두 건물의 2층 어림에 구름다리가 연결되어 있었다. 건물에 사용된 벽돌은 분단시대에 구워진 것으로 알려졌다. 왼쪽 건물의 출입구 위에 '남'이라고 쓴 간판이 보였고 오른쪽 건물의 출입구 위에는 '북'이라고 쓴 간판이 보였다. 둘은 가까운 왼쪽부터 들어가 보기로 했다.

소율이 출입구의 카드 접촉판에 주민카드를 대자 문자창에

'5원'이라는 글자가 떴다. 하율도 똑같이 했다. 그들은 역에서도 똑같이 했다. 서울에서 평양까지의 고속철 요금은 30원이었다. 그들의 월 소득은 똑같이 5천 원, 국가가 지급하는 기본 소득이다. 아직 다른 소득은 없다. 추가의 소득은 학교를 마치고 나서야 기대할 일이다.

통용되는 실물 화폐는 이제 없다. 단위와 지불 기능만 남아 있고 지불 수단은 주민카드이다. 주민카드는 주민의 신분, 자산 정보를 포함한 각종 정보를 담고 있고 통신 수단, 지불 수단 노릇을 같이 한다. 사진기 기능도 있어서 사진도 찍을 수 있다.

박물관 내부로 들어서자 전면의 대형 사진이 그들을 반겼다. 남과 북의 대표가 통일을 합의하고 나서 외교적으로 웃으며 악수를 나누는 사진이다. 자주 본 사진이어서 지나치려는데 어디서 나타났는지 사람처럼 생기고 사람처럼 제복을 차려입은 로봇 안내원이 말을 건다.

"어서 오십시오. 분단시대 박물관의 남관입니다. 특정 주제나 연대를 보시려면 제게 말씀하시고 연대순으로 그냥 보시려면 왼쪽 통로로 들어가시면 됩니다."

젊은 남자의 목소리였다. 하율이 소율을 쳐다봤다. 소율이 망설임 없이 로봇 안내원에게 말했다.

"4·3부터 보고 싶어요. 어디로 가면 되죠?"

"4·3이라면 1948년, 분단 초기에 일어난 사건이니 왼쪽 통로로 들어가시면 얼마 안 가 나옵니다."

로봇 안내원이 상냥스러운 미소와 함께 대답했다. 소율이 고개를 끄덕이고 하율의 팔을 잡았다. 팔을 잡힌 채 걸으면서 하율이 소율을 돌아보았다.

"⋯⋯너?"

"뭐?"

"아이구, 내가 멍청하지. 너, 4·3 그거 니 논문 주제잖아?"

"그런데?"

"그럼 여기 놀러 온 게 아니잖아. 논문 때문에 온 거지."

"뭐, 겸사겸사. 근데 너 그거 이제 알아챘어? 꽤 빠르다?"

"그흑."

"수학을 전공해서 그런지 셈은 항상 빠르던데 눈치는 좀 늦네?"

"아이고." 하율은 제 머리에 꿀밤을 먹였다.

'해방실'을 지나 얼마 안 가서 그들은 '4·3실'로 들어갈 수 있었다. 무척 넓은 공간이었고 사면 벽에는 커다란 흑백사진들이 걸려 있었으며 벽을 따라 설치된 유리 진열장에는 온갖 물건들이 들어 있었다. 소율은 진열장 속의 물건들을 자세히 들여다보았다. 그리고 주민카드를 꺼내 입력 장치를 켜고서는 이것저것 적어넣곤 하였다. 이따금 사진도 찍었다.

하율은 심드렁한 눈길로 주위를 둘러보다가 전시실 오른쪽 벽면을 가득 채운 사진 한 장에 못 박힌 듯 꼼짝하지 못했다. 커다란 헝겊에 프린트된 사진이었는데 몇 명의 산발한 사내가 손을 묶이고 눈을 천으로 가린 채 맞은편에 서 있고 이쪽에는 총을 겨눈 경찰관들이 왼발을 앞으로 내민 자세로 서 있는 모습이었다. 하율은 온몸이 싸늘히 식는 느낌을 맛보았다.

"뭘 저 정도 가지고 놀라고 그래. 더 끔찍한 사진도 얼마든지 있는데."

소율이 다가와 있었다. 하율은 아무 말도 할 수 없었다. 그리고 소율이 제 일을 다시 하는 동안 하율은 거의 그 자리에 못 박힌 듯 서 있었다.

사진의 영상은 소율이 일을 끝내고 전시실을 물러난 뒤에도, 다른 전시실들, '6·25전쟁실', '지리산 특별실', '4·19혁명실', '5·16군사정변실', '구로공단 특별실', '5·18민주항쟁실' 등을 둘러보는 동안에도 하율의 머릿속에서 쉽게 사라지지 않았다. '5·18민주항쟁실'에서는 더 끔찍한 사진들을 볼 수 있었는데도 이상스레 이 영상을 지우진 못했다. 소율이 논문을 끝내면 꼭 읽어봐야겠다고 생각했다.

그들이 둘러본 '남관'의 마지막 전시실은 '촛불 기념실'이었다. 그곳에서 소율과 하율 둘 다 열 살 미만이던 2016년 겨울과 2017년 초에 아빠나 엄마 손을 붙잡고 광화문 광장을 걷던 기억을 떠올릴 수 있었다. 다른 한 손엔 LED 촛불을 쥔 채.

빛의 온도

조해진

2004년 『문예중앙』으로 등단.
소설집 『천사들의 도시』 『목요일에 만나요』 『빛의 호위』
장편소설 『한없이 멋진 꿈에』 『아무도 보지 못한 숲』
『로기완을 만났다』 『여름을 지나가다』 등이 있다.

세상의 모서리가 부서지는 소리에 눈이 떠졌다. 가늘게 눈을 떠 보니 현석이 침대 아래에서 무가지를 깔아놓고 발톱을 깎고 있는 게 보였다. 딱, 딱, 하는 소리가 날 때마다 초승달 모양의 발톱 파편이 여기저기 튀었다. 현석의 턱은 방금 면도했는지 끝이 말갰지만 뒷머리는 덥수룩했다. 머리는 감지 않고 면도만 한 걸까, 마지막 이발은 대체 언제였던 거지, 생각하며 무심히 벽 쪽으로 돌아누웠다. 다시 잠들고 싶었지만 머리칼을 깎을 여웃돈도 들어 있지 않을 그의 지갑이 계산이 틀린 거래 내역서의 숫자들처럼 마음의 결을 헝클었다. 등 뒤로 무가지가 접혀져 쓰레기통에 버려지는 소리가 들렸다. 잠시 뒤엔 그의 움직임에서 빚어지는 소리―발소리, 붙박이장을 여는 소리, 양말을 꺼내어 한쪽씩 신는 소리, 패딩 점퍼를 걸치는 소리, 점퍼 주머니에서 나온 영수증을 구기는 소리―가 볼륨을 높인 스피

커를 통과한 듯 돌연 커다란 소음이 되어 귓속을 파고들기 시작했다.

아아, 정말—

낮게 내뱉으며, 나는 침대에서 벌떡 일어났다. 깼네, 벌써 2시인 건 알아? 그렇게 오래 자면 중간에 배는 안 고프냐? 옷을 다 차려입고 가방까지 맨 현석이 핀잔처럼 물었다. 2주 만에 누려보는 평화로운 늦잠의 시간이 방금 전 그로 인해 깨져버렸다는 걸 전혀 모르는 듯 말투와 표정이 태평했다. 매장 알바 둘이 급여가 정산되자마자 예고도 없이 일을 그만두는 바람에, 지난 2주 동안 내 업무는 두세 배 늘었다. 본래 업무인 계산과 정산 외에도 수시로 매대를 체크했고 화장품, 샴푸와 린스, 다이어트스낵과 음료수와 쿠키를 새로 진열했다. 상품의 사용법과 위치를 묻는 고객을 상대했고, 바닥을 청소했으며, 그 와중에도 간헐적으로 허공에 대고 '반갑습니다'와 '감사합니다'를 외쳐야 했다. 하루 열 시간씩 일하면서도 물 한 잔 마실 여유가 없었고 화장실에 갈 때는 종종걸음을 쳤으며 식사 시간이 되면 스태프실에서 선 채로 김밥이나 샌드위치를 입안에 욱여넣었다. 그렇게 일하고 맞은 휴일이었다. 일주일 내내 늦잠을 잘 수 있고, 구직 목록을 체크하거나 자기소개서를 새로 쓰는 것 외에는 하는 일이 거의 없으며, 가끔씩 면접을 보러 갈 때만 옷을 차려입고 외출을 하는 현석의 토요일 오후와는 다른 것이다.

– 컨디션 어때? 오늘은 같이 나가보지 않을래?

현석이 다시 침대에 걸터앉더니 내 쪽으로 몸을 기울며 물었다. 나는 대답하는 대신 볼록한 그의 에코백을 물끄러미 쳐다봤다. 에코백 안에는 생수병과 구운 식빵, 내가 매장에서 가져오곤 하는 쿠키와 초콜릿, 그리고 벌써 한 달째 건전지를 교환해가며 쓰고 있는 전자초가 들어 있을 것이다. 거리에서 최대한 돈을 쓰지 않기 위해 현석은 늘 알뜰히 가방을 쌌다.

현석은 11월 첫째 주 토요일부터 매주 광장으로 나가고 있었다. 보통 정오쯤 나가 어둠이 짙어져서야 바람과 먼지 냄새를 풍기며 귀가하는 패턴이었다. 그는 나와 함께 광장으로 나가길 바라는 눈치였지만 나는 번번이 거부했고, 지난주 토요일엔 매장 오픈부터 마감 때까지 일해야 했으므로 그 동행이 아예 불가능했다. 그날, 집으로 향하는 자정 무렵의 지하철 안에서 나는 간신히 손가락을 움직여 휴대폰 화면으로 광장의 몇 시간 전 풍경을 구경만 할 수 있었다. 휴대폰 화면을 채우는 그 수많은 촛불 덕분에 많은 것이 밝혀졌고 바뀌고 있다는 걸 나도 알고 있었다. 알았고 인정했고 공감했지만, 애초에 내게는 초대장이 쥐여지지 않은 파티를 지켜보는 듯 심드렁하기도 했다. 이 사람들은 일하지 않거나 체력이 감당할 수 있는 범위 안에서만 노동을 하는구나, 생각하니 그 이상한 소외감은 잦아들고 확신은 점점 커져갔다. 그들은 아무도 되받아주지 않는 일방적인 허공의 인사법을 모를 것이고, 사용한 흔적이 역력한 상품을 막무가내로 환불해달라는 고객을 상대하지도 않을 것이며, 눈빛이나 말투로 알바와 직원은 다르다는 걸 끊임없이 환기시키려는 동갑의 본사 파견 직원을 몰라도 될 터였다. 그

촛불 행렬에 내가 벌어오는 돈으로 밥을 먹고 버스를 타고 전기와 수도를 쓰고 있는 현석도 포함되어 있다는 걸 상기한 순간엔 내가 광장의 사람들보다 더 고생하고 있다는 생각마저 들었고 기분이 한결 나아지기도 했다. 그러나, 모두 일시적인 감정이었다.

– 카메라나 조심해. 그런 데 가서 카메라에 찍히면 벌금고지서 날아온다더라. 벌금이라면 아주 지긋지긋해. 이제 그럴 돈도 없고.

한참 뜸을 들인 뒤에야 그렇게 대답하자 현석의 얼굴이 돌연 굳어졌다. 언제부터인가 현석은 내가 '돈'이라는 단어만 꺼내도 저렇듯 예민하게 반응했다. 시위하듯 상한 마음을 드러내고 싶었는지 그는 인사도 없이 일어나 세게 방문을 닫고 나갔다. 날림으로 지은 3층짜리 연립주택엔 잠시 작고 둥근 진동이 지나갔다. 나는 도로 이불을 뒤집어쓰고는 침대에 납작하게 누웠지만 한번 맑아진 정신은 좀처럼 흐릿해지지 않았다.

*

멀뚱멀뚱 벽만 마주 보다가 머리맡에 있던 리모컨을 집어 텔레비전을 켰다. 현석이 한 달 내내 여러 사이트를 비교한 뒤 24개월 할부로 구입한 32인치 평면 텔레비전이었다. 처음 석 달은 현석이 할부금을 냈지만 그 뒤부터는 9개월째 내가 할부금을 내고 있으니 저 텔레비전의 70퍼센트 이상은 내 것이었다. 내 것, 그러나 내가 텔레비전 리모컨에 손을 댄 건 거의 일주일 만이었다. 텔레비전이 택배로 왔을 무렵엔 현석이 휴대폰 매장에서 일할 때였고 점장의 차를 대신 몰다가 음주단속에 걸리기 전이었다. 회식 자리에서 다 같이 술을 마셨고 현석도 취했지만, 점장은 현석에게 운전을 시켰다. 대리운전비를 아끼기 위해 점장은 자주 그렇게 현석을 이용했다. 단속에 걸린 뒤 송달된 벌금 고지서에는 사백만 원이 찍혀 있었다. 현석과 내가 밥만 겨우 먹으며 두 달을 꼬박 모아야 겨우 만질 수 있는 액수였다. 현석이 점장에게 벌금 대납을 요구하고 며칠 뒤, 그는 해고되었다. 나는 갑갑하고 화가 났지만 현석은 백수의 삶에 놀랍도록 재빨리 몸을 맞췄고, 어느 날 밤에는 전화를 받고 나가서는 점장이 선심 쓰듯 내놓은 백만 원을 순순히 받아오기도 했다. 어차피 계약서를 쓰지 않아서 해고를 따질 곳이 없다고, 회식 자리에서 눈치껏 술을 거부하지 못한 것도 잘못이었다고, 점장에게는 애가 둘이나 있다고, 웅얼거리는 목소리로 변명하는 현석을 보며 이미 그때부터 나는 현석이 지겨워졌는지도 모르겠다.

연달아 리모컨을 누르던 손가락이 어느 순간 멈칫했다. 카메라가 말로만 듣던 시청 앞 태극기 집회를 비추고 있었는데, 내 시선은 화면 한구석에서 오래된 군복을 입고 깃발을 흔드는 노인에게 향해 있었다. 아니, 그 깃발에 씌어진 익숙한 단어에…… 저기에 있을까.

아버지도, 저기에 있을까.

생이 조각배 같은 거라면, 나의 조각배를 이곳으로 이끈 가장 큰 조류는 아마 저 단어일 것이다.

그것은 나무 제초제의 이름일 뿐 병명이 아닌데도, 그 이름으로 묶인 사람들은 비슷한 증상을 보였고 아파했고 때로는 일찍 죽었다. 아버지도 그들 중 한 명이었다. 남의 나라 전쟁에서 돌아와 10년째가 되던 해부터 피부가 곪고 종기가 나고 잇몸이 무너지는 후유증을 앓았고, 마흔이 넘으면서부터는 지독한 두통으로 정상적인 직장 생활을 할 수 없게 되었다고 들었다. 엄마는 일주일에 두 번씩 아버지의 집으로 일을 나가던 파출부였다. 내가 태어난 건 아버지가 쉰 살이 다 되어서였는데, 그때 엄마는 고작 삼십 대 중반이었다. 아이의 눈에도 보이는 게 있었다. 엄마가 틈만 나면 아버지에게서 벗어나려 한다는 것이나 그런 엄마를 연금으로 붙잡고는 있었지만 아버지 역시 자포자기 상태였다는 것을, 나는 모두 눈치채고 있었다. 초등학교에 입학하기 직전, 나는 엄마를 따라 집을 나왔고 그때부터 음식 냄새가 나는 식당 안의 작은 방들을 전전하며 살았다. 돌이켜보면 엄마는 집을 나오면서 내게 누구와 살고 싶은지 분명히 물었다. 엄마를 선택한 순간 나 역시 아버지를 버린 것이 되었지만, 나는 오랫동안 가난한 엄마를 원망했다.

3년 전에 엄마가 재혼하면서 나는 아버지를 찾아 나서기로 결심했다. 엄마가 내게 아버지로부터 매달 일정액의 양육비가 입금되어온 통장을 주어서만은 아니었다. 갓 스무 살이 된 나는 사는 게 막막했고, 이제 세상에 남은 핏줄이라곤 아버지뿐이었

조
해
진

다. 수십 번에 걸쳐 고모에게 연락을 시도한 끝에 아버지가 혼자 살고 있다는 강화도 주소를 알아냈다. 두 시간 넘게 버스를 타고 겨우 아버지의 집을 찾아갔을 때, 나는 무엇보다 온 집안에 배어 있던 노인 냄새에 깜짝 놀랐다. 하긴, 그는 그때 이미 거의 일흔 살이었다. 게다가 오랜 투병은 그를 남들보다 더 가파르게 늙어가게 했을 것이다. 그날 아버지는 단박에 나를 알아보지 못했고 내가 말을 건넬 때마다 귀를 긁적이며 방금 뭐라고 한 거냐고 되묻기도 했다. 재회의 시간은 짧았다. 우리는 어색하게 마주 앉아 몇 마디 이야기를 나눈 뒤 서둘러 헤어졌다. 또 오겠다거나 자주 놀러 오라는 말은 서로 생략한 채…… 강화도는 멀었고 나는 쉬는 날마다 피곤했으므로 그 뒤로 아버지를 다시 찾아가 보지 못했다. 전화를 거는 횟수도 점점 뜸해졌다. 아버지는 전화 목소리를 더 알아듣지 못해서 우리는 제대로 이야기를 나눌 수 없었는데, 그렇게 불충분한 통화를 끝낼 때마다 나는 세상으로부터 버림받은 기분이 들었던 것이다.

텔레비전을 껐다. 오후는 기울고 있었고 나는 라면이라도 끓여야겠다는 생각에 침대에서 내려가 냄비에 물을 받았다. 현석에게서 전화가 온 건 다 끓인 라면을 막 상 위에 올리려던 참이었다.

*

뒤꿈치를 올리면 현석과 만나기로 한 세종문화회관이 보이는데도 나는 좀처럼 그쪽으로 가지 못했다. 촘촘한 인파 때문이었다. 이번 집회엔 사상 최대 인원이 모였다고 했다. 끝이 보이지 않는 촛불의 행렬, 멀리서 들려오는 유명 가수의 노랫소리와 하나의 큰 함성, 이렇게나 많은 사람들이 모였는데도 아무도 화내거나 울지 않는 평화, 그 모든 건 휴대폰이나 텔레비전 화면으로 봤을 때는 전혀 느껴보지 못한 입체적이고도 강렬한 풍경이었다.

코트 주머니에서 휴대폰이 또 진동했다. 그야 물론 지갑을 잃어버리고 내가 오기만을 기다리고 있을 현석일 터였다. 가까스로 휴대폰을 꺼내 통화버튼을 누른 순간, 나는 제자리에 멈춰 섰다. 시선이 그를 따라갔다. 일단 그를 붙잡아야겠다는 생각은 한 박자 늦었고 발의 움직임은 두 박자 늦었다. 나는 그가 걸어간 방향으로 무작정 발길을 돌렸다. 조금 전까지 좀처럼 움직이지 못했다는 게 거짓말인 듯, 나는 어느새 인파를 헤치며 빠른 속도로 걷고 있었다. 분명 보았다. 아버지를, 왕년의 군인을, 눈도 귀도 어두우면서 내 이름의 통장으로 삼십만 원을 입금하기 위해 지금도 매달 말일에 은행으로 외출을 나가는 그를…… 그러나 아무리 찾아도 아버지는 보이지 않았다. 아버지, 아빠, 아빠아— 미아라도 된 듯 그렇게 속절없이 중얼거리며 나는 맹목적으로 계속 걸었다. 이제 발꿈치를 올려도 세종문화회관은 보이지 않았다. 현석과도 멀어졌고 아버지는 아예 놓쳐버렸지만 나는 걷는 걸 멈출 수 없었다. 촛불을 따라 그저 하염없이 걷다 보면 모두가 공평하게 웃고 아무도 상처 받지 않는 곳이 나올 것만 같았다. 피곤한 것도 없었다. 아버지가 시청이 아니라 광화문 쪽에 있었다는 것이 떠올라서인지, 아니면 나를 둘러싼 온기 때문인지 알 수 없었다. 주위를 둘러봤다. 빛이 일렁였다. 빛의 온도, 이제 나는 그것을 아는 사람이었다.

포
비
아

최 정 화

2012년『창작과비평』으로 등단.
소설집『지극히 내성적인』
장편소설『없는 사람』등이 있다.

i

나에게는 특정한 숫자나 기호 따위가 행운이나 불행을 가져올 거라는 강박이 없지만, 여기에 특정한 의미를 부여해 그것을 피해 다니는 데 인생을 허비해버리고 만 사람들을 몇 알고 있다. 삼촌도 그들 중 하나였다. 삼촌은 5가 자신의 인생을 위협한다고 느꼈다. 그래서 휴대폰 번호나 분양받은 아파트의 호수, 주소지의 번짓수 같이 오랜 기간 자신을 따라다니는 숫자에 5가 들어있는 걸 못 견뎌했다. 그는 5월 31일 생이었는데 자기가 하루만 더 늦게 태어났다면 전혀 다른 인생을 – 물론 더 나은 인생을 – 살았을 거라고 입버릇처럼 말했다. 그는 5가 들어간 해에는 사람을 사귀지 않았고 5층 건물에는 아무리 좋은 집이 나와도 구매하지 않았으며(그는 부동산 투기에 놀라운 재주가 있었다. 5에 관한 건물을 피하지 않았다면 아마 지금보다 훨씬 더 수익을 올렸을 것이다) 크리스마스에도 경계를 늦추지 않고 조심스레 보냈으며 어린이날을 13일의 금요일이라도 되는 듯 재수 없다고 여겼다.

삼촌은 왜 그게 5인지도 모르면서 그저 5를 피해 다녔다. 하지만 삼촌이 5를 피하는 일은 어느 시기까지만 가능했는데, 한창 번성하던 사업이 사양길에 접어들면서부터는 감당하기에 너무 많은 5가 그의 눈앞에 나타났기 때문이었다. 삼촌은 눈앞에 드러난 5뿐만이 아니라 다른 숫자들 사이에 교묘하게 숨겨져 있는 수많은 5들을 발견했다. 삼촌은 자기 눈앞의 숫자들을 더하고 빼고 곱하고 나누었다. 그 결과에 5가 나올 때까지 그렇게 했다. 49세의 삼촌은 이 두 숫자의 차가 5라는 사실을 늘 의식하고 있었다. 2012년에는 각 자리 숫자의 합이 5라는 이유로 해외에 진출할 좋은 기회가 있었는데도 사업의 규모를 늘리기를 주저했고 35세에 5년 연하의 동반자를 만난 딸에게 결혼식을 미루는 게 좋겠다고 아주 진지한 얼굴로 말했다. 55세가 되었을 때 삼촌은 아직 젊은 나이임에도 불구하고 사업을 딸에게 물려주고 되도록 외출을 삼갔다.

스스로의 최면에 걸린 듯 55세에 삼촌은 정말로 난관을 겪었다. 선천성 물혹인 갑상설관낭종을 제거하기 위해 반나절 정도 입원했을 때, 그를 위협하는 것은 수술의 성공 여부가 아니라 입원실 문 앞에 붙어 있던 팻말이었다. 몸이 약해지자 그는 전보다 더 심각하게, 5를 끔찍이 두려워했다. 505호 입원실에 배정받았을 때 그는 돈을 더 주고라도 그 입원실을 피해보려고 했지만 병원에는 다른 병실이 없었다. 팻말에는 5가 두 개나 들어 있었고 그건 저주와도 같았다. 그는 자기가 누워 있는 공간의 입구를, 그 첫 자리와 마지막 자리를 재수 없는 숫자가 차지하고 있다는 사실에 압사당할 지경이었다. 수술실로 옮기는 이동 침대의 철제 받침대에 붙어 있는 스티커에 적힌 숫자를 확인한 삼촌의 얼굴을 보았더라면 아마 자기 침대와 바꿔주겠다는 환자가 있었을지도 모른다.

나는 지금도 삼촌이 수술 중에 심장사한 이유가 5 때문이라고 생각한다. 정말로 숫자에 불운이 깃들여져서가 아니라 삼촌 자신이 그 숫자에 부여한 엄청난 에너지가 마침내 그를 잡아먹어버리고 말았다고 말이다.

ii

어머니는 남편이 중국에서 바이어를 만나 두 번째 수출 물자 관련 건이 추진에 난항을 겪고 있고 상의하고 있다고 믿고 있었으며 ― 나는 가끔 어머니가 그 말을 진짜 믿고 있는 건지 헛갈렸다 ― 자기가 아니라 다른 여인이 남편의 또 다른 부인이라는 사실에 대해서는 상상도 하지 못하고 있었다. 그녀는 지금 막 매생이죽을 먹고 난 뒤였고 두어 번 늙고 몸집이 크고 온순한 소가 천천히 들판에 쓰러지는 듯한 트림을 두어 번 했다. 중국에 출장 간 남편이 일방적으로 장기 체류를 결정하고 연락도 받지 않는다는 점 때문에 심기가 불편했는지 안색이 그리 밝지는 않았다. 나는 어머니에게 얘기를, 아버지가 죽었고, 그 장소는 그의 집이었으며 그 집은 이 집이 아니라 아파트 옆 동이라고, 그 집에서 그가 조롱하던 스웨터를 입고 있는 여자가 그의 또 다른 아내라는 걸 아직도 얘기하지 못한 상태였다. 투명한 진실이 반드시 한 사람의 인생에 더 나은 방향을 제시하지는 않는다는 사실을 체험했고, 어머니도 예외가 아니라고 생각했기 때문이었다.

"나는 네 아버지가 전화를 받지 않는 거에 대해서 이해할 수가 없어. 그럴 거면 로밍 서비스를 하지 말든가. 이 양반이 중국에 살림을 차린 건 아닌가 몰라."

나는 당황했다. 나는 그게 어머니가 나를 떠보기 위한 걸지도 모른다고 생각했다. 나는 어머니가 이 일을 알고 있으며, 혹시 그녀도 나와 같은 이유로 그 사실을 숨기고 있는 것이 아닌지 궁금했다.

"어머니는 혹시 이중생활에 대해서 생각해본 적 있어요?"

"이중생활?"

"어떤 사람이, 우리랑 똑같이 생긴 한 인간이 서울에서 하나의 삶을 살고 다른 곳에서 또 하나의 삶을 더 살아간다고 생각해본 적이 있느냐고요."

"얼마 전에 신문에 난 그 남자 얘기로구나."

아버지의 이야기가 이미 신문에 실린 모양이었다. 그 남자는 옆집에서 다른 생을 즐기고 있지만 그의 아내는 아직도 그가 살아 있고 대륙이 넓은 어느 나라에서 키가 작고 얼굴이 노란 다른 남자와 테이블 협상을 벌이고 있다고 믿고 있었다. 나는 자신이 상상도 하지 못하는 가능성을 향해 그녀가 어떻게 다가갈 수 있는지, 그리고 사실을 받아들일 수 있을지 알고 싶었다. 그리고 적절한 타이밍을 찾는 것은 쉬운 일이 아니어서 나는 결국 어머니에게 그 사실을 말하지 못했다. 아버지는 사업상의 일이 진척되지 않아서 중국에 더 머무른 것으로 하고 아버지인 척 아버지의 번호로 문자 연락만 했다.

그 일로 인해 나는 또 하나의 비밀을, 내가 원치 않는 이야기를 알게 되었는데 그것은 그녀가 나를 낳지 않았다는 사실이었다. 어머니는 어느 날 밤에 술에 취해 나에게 이런 문자를 보냈다. '당장 돌아오지 않으면 당신이랑 당신을 닮은 그 지긋지긋한 녀석과도 당장 끝이야. 내 아이도 아닌 그 녀석을 키운 대가가 고작 이런 경우 없는 대접을 받는 것이라니, 이 양심도 없는 인간, 당장 내게 전화해!'

이후로 나는 열두시가 지난 시간에 오는 메시지는 확인하지 않는다. 자정이 지난 시각 급하게 연락할 일이 있다면 이메일을 이용하시기를.

iii

수지는 나의 다섯 번째 애인이고 어떤 이유에서인지 모르지만 물을 마시지 못한다. 우리는 오 년간 그녀가 왜 물을 마실 수 없는지에 대해 이야기를 나누었으나 그 이유를 찾는 것은 쉽지 않은 여정이어서 오 년 동안 그 이야기를 나누었는데도 여전히 그 근처에도 가지 못했다. 하지만 우리의 대화는 우리 두 사람의 관계만큼이나 집요하고, 포기를 모르고, 진전 없이 제자리로 돌아옴에도 불구하고 매번 의욕적으로 다시 출발한다.

오늘 수지는 부루퉁한 얼굴로 내 집에 찾아와 한 시간 정도 아무 말도 하지 않다가 입을 열었다. 그녀는 어젯밤에 잠들기 전 새로운 사실을 알게 되었는데 물을 마실 수 없는 이유가 물이 투명하기 때문이라고 말했다.

"투명하기 때문에?"

내가 되묻자 그녀는 대단한 발견이라도 했다는 듯 자랑스럽게 고개를 끄덕였다. 내 쪽에서 아무 대답이 없자 수지는 누구에게도 이해받지 못한 천재처럼 외로운 표정을 짓더니 천천히 한숨을 내쉬었다. 그녀는 냉장고 문을 열고 콜라 캔을 집어 들었다. 지난달 받은 건강 검진에서 지방간 수치가 중증 알코올 중독자보다 1.5배나 높게 나왔는데도 전혀 개의치 않는 듯 무덤덤한 표정으로 캔 뚜껑을 따고 향료가 강하게 첨가된 탄산 음료를 – 언제나처럼 – 물 대신 마셨다.

"투명하다는 거 정말 징그럽고 이상하지 않아?"

물에 대한 이야기가 계속되는 걸 보면 그녀의 남편이 어젯밤 너무 일찍 들어왔거나 둘째 아들이 그녀가 아끼는 뭔가를 깨뜨렸거나 그것도 아니면 그녀에게 나 말고 다른 연인이 생겼을 수도 있다. 그녀는 매번 물을 싫어하는 이유에 대해서 한 시간이 넘도록 얘기할 수 있고 그녀가 내게 말하는 물을 싫어하는 그 많은 이유들 중 어느 것이 진짜인지는 알 수 없지만, 저어도 그녀가 물에 대한 이야기를 오 분 이상 넘겼을 때 그녀의 일상에 뭔가 일이 일어났다는 것, 십 분이 넘을 경우에는 적신호가 켜졌다는 것 정도는 알아챌 수 있다. 물이 투명하다는 사실 때문에 수지가 당장이라도 눈물을 떨어뜨릴 것처럼 흥분했을 때, 나는 그녀를 이해한다는 표정으로, 세상에 단 한 사람, 오직 내가 그녀를 알고 있으며, 그녀가 마음껏 물에 대해 이야기할 수 있도록 귀를 열었다는 사실을 알렸다. 물론 나는 귀보다 마음을 더 활짝 열었고, 언제나 오피스텔 번호와 현금 카드의 비밀번호를 알렸으며 또 언제든 그녀가 내킬 때 나를 찾아올 수 있지만 원하지 않을 때면 절대 올 필요가 없다는 것을, 그녀가 오라면 오고 가라면 가는 한 사람의 얼간이가 바로 여기 있다는 표시로 두 눈빛을 빛내며 두 팔을 벌리고 두 가슴을 내밀었다.

수지는 지금 내 무릎에 누워 물에 대해 이야기하고 있다. 물이 투명하다는 사실에 대해서, 그 기분 나쁜 무색무취와 그보다 더 불쾌한 무정형에 대한 두려움과 끔찍한 심경을 토로했고 물방울이 모여서 부풀어 오른 모양이 아주 이상한 상상을 하게 만든다는 부분에서 나는 동의의 표시로 그녀의 무릎을 천천히 쓸었다. 투명함이라는 성질이 기분을 나쁘게 한다는 데 심정적으로 공감하고자 나는 직장 동료인 부마를 떠올렸다. 그 새끼가 사람들이 말을 돌려서 하는 건 기만이라는 헛소리를 하면서 알고 싶지 않은 제 속마음을 매번 투명하게 드러내는 것을 떠올리자 나는 수지가 물에 대해서 당혹해하고 곤경에 빠진 바로 그 지점에 대해서 충분히 이해할 수 있었다.

나는 수지가 나를 바라보는 눈빛에서 오늘 그녀의 아이들 중 하나가 상장을 받아 왔고 식구들끼리 외식을 하기로 했다는 것, 그 음식점이 우리 집 근처에 있다는 사실을 읽는다. 곧 식사 시간이 다가오고 있으며 오늘 그녀가 나와 함께 저녁을 먹지 않을 거라고 예측한다. 그녀가 오늘 좀 격식을 차린 차림을 하고, 목걸이를 두르고 있는 것이 나 때문이 아니라는 사실 때문에 풀이 죽는다. 나는 조심스럽게 묻는다. 우리에게 더 허락된 시간이 얼마나 되는가. 그녀가 다섯 손가락을 쫙 펴 보인다. 그녀의 두껍고 축축한 손바닥이 새삼스럽게 눈에 거슬린다.

"남은 시간 동안 물 얘기 더 할까?"

나는 눈을 감는다. 물을, 물의 신비를, 흐르고 머물고 흩어지고 모이고 떨어지고 솟구쳐 오르는 그 무정형의 에너지를 상상한다. 나는 왜 그녀와 달랐는가. 그동안 한 번도 물의 그 투명함을 두려워하지 않았는지, 어째서 의식 없이 물을 마시고 삼킬 수 있었는지를 생각한다. 물이 갖고 있는 그 부정성을 혼자서 오롯이 감당하는 그녀를 바라보고 있자면 나는 그녀의 외로움을 알 것 같고, 거부감을 알 것 같고, 실은 알지 못하지만 알 것 같기는 하다는 그 마음 하나를 붙들고 그녀에게 한 걸음씩 다가간다. 단지 그녀가 내 앞에 있다는 이유로. 어떤 절박함도 없이. 수지에게 다가가 나는 생각한다. 우리가 물에 대한 너무 많은 이야기를 나눈 것이 아닌가. 그 물에 대한 이야기들이 우리 둘 사이를 끊을 수 없게 만든 것은 아닌가 반문한다. 우리의 대화가 어떤 적정한 수준을 넘어버렸다고, 이렇게 되기 전에 손을 썼어야 했다고. 대화의 소재를 다른 곳으로 돌렸어야 했고, 적어도 그녀가 결혼식 날짜를 잡았을 때는 관계를 멈추었어야 했다고. 그러나 우리는 그러지 않았다. 나는 그녀와 내 관계가 영원히, 둘 중 한 사람이 죽을 때까지 지속될 거라는 믿음을 한 번도 버린 적이 없었다.

"투명함이라는 것은 말이야, 어떤 존재가 다른 존재에게 자기를 더 이상 드러낼 의지를 잃었다는 것과 같고 그건 죽음이나 무와 마찬가지라고."

문득 나는 이런 결론에 도달한다. 그녀가 물을 마시지 못하는 이유가 나 때문이라는. 그녀의 결벽한 도덕성이 물의 투명함을 징그럽다고 느끼도록 했다고 말이다. 그간 어떠한 장애물도 우리 두 사람의 관계에 어떤 영향을 미치지 못했으나 그녀 내부의 반발심을 꺾을 수가 없었다고.

그녀가 투기를 목적으로 사들인 오피스텔이 폭락하는 바람에 내가 저축해둔 돈을 모두 날려야 했던 사실도 그녀를 향한 나의 열정을 멈추지는 못했다. 그녀의 남편이 나를 찾아와 집 안을 완전히 뒤집어놓고 목이 쉬어서 더 이상 소리가 나오지 않을 때까지 욕을 퍼부었을 때에도 우리는 긴긴 토론 끝에 사랑이 소유할 수 없는 종류의 것이라는 데 동의했고 그녀의 결혼 유무는 우리 관계와 별개의 것이라는 결론에 안착했다. 하지만 물의 투명함을 우리가 극복해낼 수 있을지는 미지수였다. 나는 수지가 그 말을 할 때 눈가를 움찔하는 것을 보았고 그녀가 기존의 관습, 세상의 질서와 안정을 사랑하는 경향 또한 버릴 수 없다는 것을 이미 진작에 알고 있었던 것이다.

"물."

이라고 나는 말했다. 그녀가 귀를 막았다.

그녀에게 내 말이 어떻게 들린 것일까. 물이 아니라 무엇으로 들린 것은 아닐까.

"물."

내가 다시 말했다. 갑자기 그녀가 일어선다. 그녀가 나를 노려본다. 그녀의 어깨가 들썩인다. 화가 났다는 표현이리라. 대체 무엇 때문에? 그녀가 내게 화를 낼 이유가 무어지. 그녀의 입은 앙 다물어져 있고, 그리고 내게 그 이유를 말하지 않을 것임을 안다. 그녀의 거친 숨소리가 천천히 잦아들고, 한순간 어깨에 긴장이 풀리고 고개를 떨어뜨리고 그리고 마침내 그녀가 설명도 화해도 없이 나를 용서했다. 우리는 그렇게 침묵한 채로 서로를 바라보고 또 바라본다. 그리고 그녀가 조용히 자리에서 일어나 핸드백을 챙겨 현관문을 열고 밖으로 나간다. 아무 말도 없이. 어떤 설명도 하지 않고.

수지가 나가고 문이 닫히는 순간 가슴이 철렁 내려앉으며 오 년이란 시간이 아주 짧다고 느낀다. 내가 아주 나이가 많은 사람이라고, 성 안에 사는 흡혈귀처럼 인간이 아닌 다른 존재여서 그들과 어울릴 수 없고 이제 그만 죽고 싶다고 생각할 때,

그녀를 사귀어온 오 년의 세월이 마치 여름 바캉스에서 보낸 오 분간의 일처럼 지나간다. 그 오 분은 매우 아름답고 찬란하며 반짝거린다.

현관 앞에 잠시 멈춰섰던 그녀의 얼굴을 다시 떠올린다. 그것은 운명애에 가까운 표정이었다. 누구든 그 순간에 그녀를 보았다면 그게 바로 자기 인생을 똑바로 바라보는 정직한 인간의 표정임을 알아보았을 거라고.

그러나 도망치듯 현관을 떠난 그녀는 문이 닫히고 나서 일 분도 채 지나지 않아 내게 다시 전화를 걸었고, 내가 그녀에게 붙여준 애칭이 핸드폰 액정에 떠오르자 나는 어떤 감격과 두려움과 끔찍함과 그러나 그 모든 것들을 저버릴 생각이 전혀 없이 삶을 통째로 껴안기로 결심한 그녀와 모든 순간을 함께하겠다는 비장한 의지로 전화를 받는다.

수화기에서 그녀의 목소리가, 마치 별들처럼, 나는 전에 한 번도 본 적이 없지만 은하수처럼 쏟아지고 내가 전에 한 번도 상상하지 못했던 일이 일어나고야 만다. 수지가 전혀 예상치 못한 방식으로 우리 관계가 드디어 끝났음을 통보했던 것이다.

"이제 난 일 분도 더 못 견뎌요. 도저히 더 이상은 안 되겠다고요. 언제까지나 물이 어쩌고저쩌고하는 타령을 할 순 없어요. 돈을 아무리 더 준다고 해도 이젠 이 일 못해요. 당신이 또 딴 소리를 할까 봐 다시 한 번 분명히 말하지만 아무리 돈을 더 준다고 해도, 이 남자랑은 절대 다시 만나지 않을 거예요!"

동식이

한창훈

1992년《대전일보》신춘문예로 등단.
소설집『청춘가를 불러요』
『나는 여기가 좋다』『그 남자의 연애사』
『행복이라는 말이 없는 나라』
장편소설『열 여섯의 섬』『꽃의 나라』『순정』
산문집『내 밥상 위의 자산어보』
『내 술상 위의 자산어보』『한창훈의 나는 왜 쓰는가』
『공부는 이쯤에서 마치는 거로 한다』등이 있다.

동식이는 초등학교 사 학년이다. 육지에서 멀리 떨어진 섬 학교엘 다닌다. 학교를 다니겠노라고 말한 적은 한 번도 없다. 좋아서 다니는 게 아니라는 소리다. 특히 오늘만큼은 정말 안 가고 싶다. 화장실 갈 때부터 느려진 발이 현관을 나설 때는 8톤짜리 테트라포드만큼이나 무거워져 있다. 학교 다녀오겠습니다, 소리도 하지 않고 현관을 나온 그는 저 멀리 학교 올라가는 골목길을 바라보았다. 야속하게도, 학교에 불이 났다거나 밤사이 돌풍이 몰아쳐와서 무너졌다는 징조는 병아리 눈물만큼도 보이지 않았다.

이 학년 때도 이런 적이 있었다. 육지에서 살든 섬에서 살든 대한민국 초등학교 이 학년짜리는 구구단을 왼다. 외워야 한다. 이이는 사, 이삼은 육, 이사 팔, 이렇게 말이다. 물론 이단은 외웠다. 하지만 삼단부터 곤란해졌고 사단은 짜증났으며 오단은 그중 쉬운 것 같기는 하지만 헷갈렸고 육단은 참으로 버거 웠다. 칠단, 팔단은 아직 접해보지 못한 영역이었다. 구단은 되레 몇 번 시도해봤었다. 반대로 해보는 것도 한 방법이니까.

지금은 중학생이 된 옆집 지혜 누나는 그때 하소연을 듣고서 이렇게 말하기도 했다.

"나도 정말 하기 싫어서 위에서 아래로 외었어. 그러니까 삼삼삼삼…… 곱하기 곱하기 곱하기 곱하기…… 일이삼사…… 는는는는…… 삼 육 구 십이…… 이렇게."

"어, 삼육구가 나오네."

하지만 그 방법은 효과적이지 못했다. 삼육구는 괜찮은데 나머지는 괴로웠다. 그때도 월요일 아침이었다. 끝내 구구단을 외우지 못한 채 아침을 맞았던 것이다. 지금도 그렇지만 학년에는 동식이 혼자였다. 시험을 쳤다 하면 전교 일등이었다. 구구단을 못 외더라도 말이다. 만년 일등 동식이는 그날 학교 반대쪽으로 몸을 틀었다. 담임선생님이 이번 주말에 다 외워 오지 못하면 단단히 혼을 내겠다고 말했기 때문이었다.

갈 곳이 있기는 했다. 일전에 바닷가에 비트를 만들어놓았으니까. 비트는 찬물샘 지나 바닷가에 있었다. 지난 태풍에 무너진 바위가 서로 얹혀 세모난 공간이 만들어졌던 것이다. 그는 콜라 하나와 과자 두 봉지를 비닐봉지에 꼭꼭 싸서 그곳에 숨겨놓았었다. 그러니까 지진이나 전쟁이 일어나거나 또는 가출을 했을 때(이 경우를 가장 가능성 높게 예견해서) 사용할 곳이었다. 섬이란 최소한, 여객선을 타지 않은 이상 가출을 해도 갈 곳이 없다. 그러니까 숨어 있기로는 최선의 장소였던 것이다.

비트에 숨어든 동식이는 먼저 과자 한 봉지를 썹어 먹었다. 학교에 안 갔다는 것은 이 학년 교실이 텅 비는 것을 의미했다. 담임이 엄마에게 전화를 했고 식구들은 동식이를 찾느라 한바탕 법석을 떨었다. 비트로 찾아온 사람은 할머니였다. 할머니에게만큼은 비트에 대해 말했었다. 자신이 가출을 해서 어딘가로 숨었는데 아무도 그곳을 모르는 것은 서운하니까. 등교를 거부한 이유가 구구단 때문이라는 것을 듣고 할머니가 물었다.

"사오."

"이십사? 아니 이십."

"칠팔은?"

"몰라. 쉬운 거 물어봐 줘."

"쉬운 것만 해서 어떡한다니. 어려운 것을 외워야지."

"구구는 알아."

"구구?"

"팔십일. 이이는 사. 구구 팔십일. 처음하고 끝하고 할 줄 아니까 나는 구구단을 다 외운 거야."

"말도 안 되는 소리하고 있네."

대화는 이어졌다. 할머니는 알아? 할머닌 알지. 그럼 해봐, 구구? 삐약삐약. 헤헤헤, 그게 뭐야. 구구는 달구 새끼를 달래는 소리니까. 그럼 팔팔은? 곰배팔. 칠칠은? 땡칠이. 둘은 낄낄 웃었다.

"나는 할머니가 정말 좋아. 할머니도 구구단 모르니까."

"그래도 학교에 가야지."

"왜 가야 돼?"

"글쎄다."

선생님과 엄마가 동네를 뒤지는 동안 두 사람은 그러고 있었다.

오늘도 월요일. 동식이가 이 년 만에 또다시 등교를 거부하고 싶어진 이유는 일기 때문이다. 매주 월요일은 일기 검사하는 날이다. 쓰기는 썼다. 지난밤 열시 정도에 금토일 삼 일치를 몰아서 썼다. 〈금요일 : 재환이랑 놀았다. 재미있었다.〉〈토요일 : 비가 왔다. 그래서 재환이랑 놀지 못했다. 기분 나빴다〉〈일요일 : 아빠가 낚시 가면서 나를 안 데리고 갔다. 기분 나빴다. 재환이랑 놀았다. 기분 좋았다〉

동식이는 지난 삼 년간 이런 식으로 일기를 써왔다. 문제는 사 학년 담임으로 부임해온 선생님이 일기 쓰기에 집착한다는 것이다. 금요일 하교 시간에 선생님은 이렇게 말했다.

"이번 주말만큼은 하루에 일곱 줄 이상씩 써와라. 만약 안 써오면 혼날 줄 알아."

아무리 머리를 쥐어짜도 일곱 줄을 쓸 수가 없다. 일기는 그날 중요한 일을 기록하는 것이라고 했는데 무엇보다도, 중요한 일이 안 생기는 것을 어떡한다는 말인가. 그러니 재환이랑 논 것이 가장 중요한 것이 된다. 그래서 그대로 썼는데 달랑 두 줄이었다. 그래서 옛날 책처럼 밑으로 내려쓰기를 해볼까, 궁리도 해봤지만 구구단을 아래로 외우는 것만큼이나 허무한 짓이었다.

아침밥이 맛없기도 이 년 만에 처음이다. 동식이는 그날처럼 찬물샘 쪽으로 걸어갔다. 비트는 이제 없어져 버렸지만 한번 해봤던 짓이라고 그나마 거기가 나았던 것이다. 바닷가에 숨을 곳이 없다면 소나무 숲으로 들어갈 예정이다. 거기서 작은 고개를 넘으면 곧바로 학교가 나온다는 게 찜찜하기는 하지만.

어쨌든 잘했다는 판단이 든다. 소설가 아저씨가 방파제로 낚시 가고 있었다. 짧은 루어 낚싯대 하나 들고 낚시용 가방을 멘 채 방파제 쪽으로 걸어가던 그는 뒤따라오는 동식이를 발견했다.

"어, 학교 안 가니?"

동식이는 대답을 안 했다. 가겠다는 것도, 안 가겠다는 것도 다 이상한 대답이 되니까. 아저씨는 더 이상 묻지 않고 걸어갔다. 이틀 동안 날이 궂었는데 오늘은 파랗게 맑다. 이런 날 학교를 안 간다는 것은 뭔가 더 잘못한 것 같기만 하다.

그는 테트라포드 쪽으로 내려가면서 손을 내밀었다. 동식이도 따라서 내려갔다. 아저씨는 적당한 곳에 자리를 잡고 앉아 낚싯대를 펼치고 채비를 묶은 다음 고등어 살을 바늘에 끼웠다.

"우럭 잡는 거죠?"

"응."

"왜 다른 낚시꾼들처럼 갯바위로 안 가세요?"

"난 낚싯배 탈 돈이 없어."

"책 쓰잖아요."

"책이 안 팔리고 그리고 지난 이 년간 내리 지원금 신청에 떨어졌거든. 그래서 니 용돈도 못 줘."

"괜찮아요. 어차피 안 줬잖아요."

입질을 받은 아저씨가 낚싯대를 챘다. 아주 작은 우럭이 물었다. 그는 그것을 놔주었다.

"전 우럭이 부러워요."

"왜?"

"학교 안 가도 되잖아요."

아저씨는 웃으면서 다 알고 있다는 듯 물었다.

"이번엔 뭐니?"

"일기요."

아저씨는 더 크게 웃었다. 동식이는 웃음이 끝날 때까지 기다렸다가 참으로 꺼내기 힘든 말을 했다.

"일기 쓰는 법을 가르쳐주실래요."

"좋아. 딱 일 분만 들어봐."

아저씨는 바늘에 새 미끼를 달고 테트라포드 구멍 사이로 내렸다.

"예."

"어제 아빠가 어디로 낚시를 가셨지?"

"아저씨도 같이 가셨잖아요."

"아무튼 대답만 해봐. 어디로 가셨지."

"가두리요."

"어디 가두리?"

"세영이네 아저씨 가두리요."

"그럼 그것을 그대로 쓰는 거야. 자, 이번엔 누구랑?"

"소설가 아저씨하고 슈퍼 아저씨하고,"

"그것도 쓰는 거야. 가두리는 어디에 있지?

"동도 앞에요."

"좋아. 그러니까 아빠가 슈퍼 아저씨와 소설가 아저씨랑 세영이네 아저씨 가두리로 낚시를 가셨다. 가두리는 동도 앞에 있다. 거기서는 참돔과 우럭, 조기를 키운다. 아침 열시에 가신다고 해서 나도 같이 가려고 했다……."

"아저씨."

"왜?"

"듣기 싫어요."

"그래, 그럼 그만하자."

햇살은 더욱 밝아오고 그만큼 바다는 더 파랗게 변했다. 텅비어 있을 교실이 떠오르자 동식이는 얼른 다른 것을 생각했다.

"아저씨, 블랙리스트죠."

"어떻게 알았니?"

"이름 검색해봤어요. 블랙리스트는 나쁜 거죠? 테러리스트처럼."

"아니야. 아저씨의 리스트는 명단이라는 소리고 테러리스트의 리스트는 테러를 저지르는 사람이라는 뜻이야."

"어쨌든 단어가 비슷하잖아요. 그래서 그런 단어들도 검색해봤어요."

"야, 검색한 내용 가지고 그대로 써도 훌륭한 일기가 되겠다."

잠시 침묵한 동식이는 다시 입을 열었다.

"그거 가지고 노래도 만들었어요."

"뭔 노래?"

동식이는 노래를 불렀다. 동식이는 엄마를 닮아 노래를 잘 불렀다.

"트, 트, 트자로 끝나는 말은 코뮤니스트 소셜리스트 테러리스트 아나키스트 그리고 블랙리스트."

"이야, 그렇게 어려운 단어까지 찾았어? 대단한데."

"그렇게 불러보니까 블랙리스트가 가장 나쁜 놈, 아니 죄송해요, 가장 나쁜 사람 같아요. 블랙도 들어 있어서. 블랙이 검정색이죠?"

"그러긴 한데 나쁜 사람 아니야. 니가 봐서 아저씨가 나쁜 사람 같아 보이니?"

"예."

"진짜로."

동식이는 손을 내저었다.

"농담이죠. 근데 아저씬 왜 블랙리스트가 됐어요?"

"내가 스스로 된 게 아니야."

"대통령이 만들었어요?"

"뭐 그런 셈이지."

"뭘 잘못하신 거죠."

"아냐. 반대로 대통령하고 장관이 잘못한 거야. 난 그저 잘못하고 있다고 신문에 쓰기만 했어. 그러다 졸지에 블랙이 된 거지."

"그래서 지원금에서 떨어졌고요?"

"응. 그 사람들이 나를 괴롭히려고 떨어뜨린 거지."

"헤헤. 아저씨 불쌍해요."

"웃기는. 하긴 정부가 우리 작가들을 더 불쌍하게 만들어버렸어."

"전 제가 불쌍한데."

"일기만 쓰면 안 불쌍하잖아."

그때 저만치서 동식이를 부르는 소리가 났다. 할머니와 엄마가 뛰다시피 다가오고 있었다.

"저 이제 어떡해요?"

"어떡하긴, 잡혀가야지. 도망칠 데도 없는데."

"이러니까 제가 블랙리스트가 된 거 같아요."

"그러게. 흐흐. 내 기분이나 니 기분이나 같겠다. 일단 학교에 가서 아저씨한테 일기 쓰는 법 물어보다가 늦었다고 말씀드려."

"그래도 돼요?"

"응. 학교에 가야 급식도 먹지."

"아, 급식."

"그리고 이따 저녁에 일기 쓰는 법 딱 삼십 초만 들어. 어때?"

"알았어요. 해볼게요."

할머니와 엄마에게 손목 잡힌 동식이는 멀어졌다. '아, 아니야, 아저씨한테 일기 쓰는 법 물어보려고 왔다니까' 소리도 점점 멀어졌다.

이해 없이 당분간

2017년 8월 1일 1판 1쇄 찍음
2023년 10월 13일 1판 4쇄 펴냄

지은이 _ 김금희 외 21명
기획 _ 김이구, 이시백
펴낸이 _ 김성규
책임편집 _ 박찬세
디자인 _ 김보연

펴낸곳 _ 걷는사람
주소 _ 서울특별시 서대문구 거북골로154, 104동 1512호
전화 _ 031-901-2602 **팩스** _ 031-901-2604
이메일 _ walker2017@naver.com
SNS _ www.facebook.com/walker1121
등록 _ 2016년 11월 18일 제25100-2016-000083호

ISBN 979-11-960081-3-0 04810